新　潮　文　庫

ヨーロッパ退屈日記

伊　丹　十　三　著

新　潮　社　版

7646

目次

I

III

ヨーロッパ退屈日記

各章の扉のカットは「萬國輿地全圖《ばんこくよちぜんず》」によった。同図は明治四年、祥雲堂から発行されたものであって、その解説には「夫《そ》レ原圖ハ、荷蘭《オランダ》書舗『セ・スステムル』ノ鏤板《ろうはん》ニシテ、専《もっぱ》ラ彼國地理家及航海商客ノ用ユル者ニシテ、輿地各州ノ面積、山岳ノ高低、江河ノ長短、人民ノ多寡《たか》、（中略）ニ至る迄《まで》集メテ大成ヲ一紙セリ。故《ゆえ》ニ從來ノ地圖ニ比スレバ最精詳ナリト謂《い》フベシ。是《これ》ヲ梓《し》シテ地理航客ニ便リナラシメント懷寶辨理《かいほうべんり》銅鐫《どうせん》ニ翻《ひるがえ》ス。」とある。

I

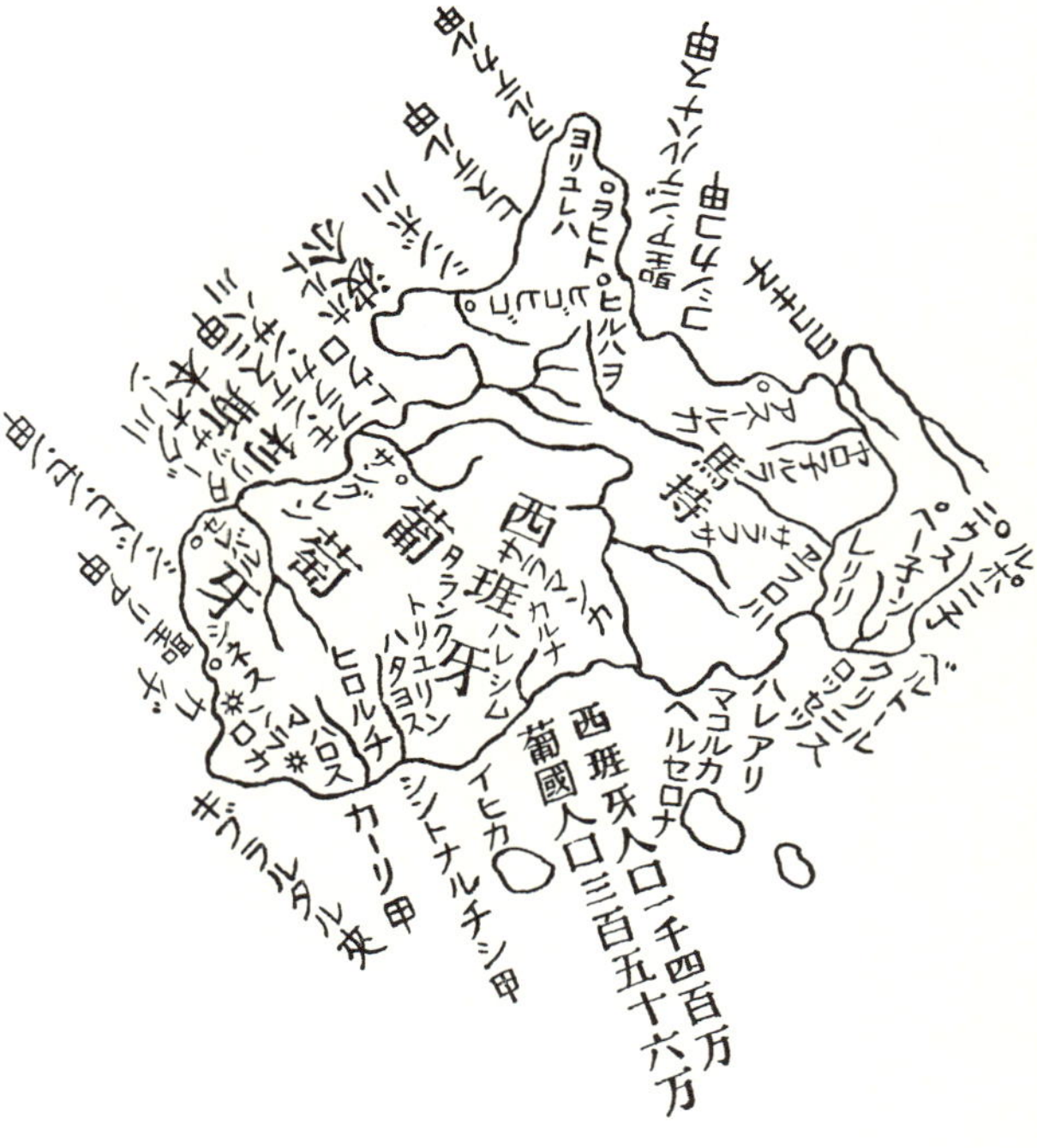

■わたくしの職業

イギリスふうお洒落《しゃれ》、なんていう言葉を耳にしたことがあった、と思うのだが一体何をさしていったことなのだろう。今日、わたくしは、白いヘルメットにプリーツ・スカート、ハイ・ヒール、そして、これは一つ非常に洒落たつもりで、紫のストッキングをはいたという御婦人が、単車を乗り捨てて、教会に入って行くのを目撃したのだが、どうですか、この眼で見ても、わたくしなんか「まさか!」と呟《つぶや》いたくらいです。でも、イギリスでは、これはむしろ典型的な一例であり、従って人目も惹《ひ》きませんでした。

貸自動車屋へ行って書式に書き込みを終り、受付けの男に渡すと、わたくしの職業を見て車は貸せない、とこういうのです。彼は、サモン・ピンクの皮膚に藁《わら》色の髪をした、雀斑《そばかす》の多い青年で、鶯《うぐいす》の糞《ふん》色の背広、血膿《ちうみ》色のネクタイ、それにブルーの方眼のシャツを着ていたのですが、その男が、映画関係の人間には車を貸すことができない、なぜならば、貸自動車屋の加入している保険は比較的リスクの少ないものであり、従って映画人は保険の対象になり得ない、とこういうのです。

酔って人を轢《ひ》き殺すような先輩たちのお蔭《かげ》で、思わぬ被害を蒙《こうむ》ったわけですが理は先方にありそうです。そこで、わたくしはまた商業デザイナーでもある、その方を書き込んだらどうだろう、と訊《たず》ねると、それもやはり不可能である、なぜか、理由は簡単、わたしがあなたを映画人と知ってしまったからだ、というわけで今日はむしろ教訓的一日であったと申せましょう。

因《ちな》みに、その書式の年齢の項は、二十五歳以下と以上という、そのどちらかに丸をつければいい仕組で、御婦人のお客に対する周到な心遣いがみられたのであります。

■これは本当に映画だろうか

例のウォタルー・ブリッジという橋は、今ではすっかり拙劣な近代的デザインに造り変えられてしまいましたが、その橋の袂《たもと》にナショナル・フィルム・シアターというのがあって、二日替りくらいで名画、（というのはいやな言葉だが）をやっています。

今日はジャン・ヴィゴオの『ラタラント』と、『ゼロ・ド・コンデュイ』――ラタラントは船の名前、ゼロの方は操行点ゼロという意味ですが、そういう二本立てを見てまいりました。

およそ天才の創《つく》った映画を見ていると、それ以前のコンヴェンショナルな作品に対して、これは本当に映画だろうか、という問いを投げかける作者の言葉が聞えてくるように思われます。これはとても重要なことです。なぜなら、映画の世界ほど新しい実験の困難なところはなく、実験のないところに新しい伝統が生まれてくる道理がないとするならば、われわれは古い主題の巧妙なヴァリエイション、古い枠の中でのテクニックの高度の洗煉《せんれん》、といったものに眩惑《げんわく》され、同化されないために、常に「これは本当に映画だろうか」という問いを心の中に持ち続けることが必要であると思われるからです。

ロンドンのタクシーの客席は、二人ずつ膝《ひざ》をつきあわせて坐《すわ》る四人掛けで、運転手との間は、英国紳士がステッキや蝙蝠傘《こうもりがさ》の柄でコツコツ叩《たた》けるように、ガラスで仕切られています。

タクシーの運転手になるには、一年間の見習い期間があり、その間は無給で、自転車に乗り、指導員に従って、ロンドンのあらゆる地理と、二点間の最短距離を覚えるのに費やされる、という話です。

また、ロンドン市内でUターンが許可されているのはタクシーだけで、そのため、タクシーに使う車は回転半径が非常に小さく設計されています。

タクシーでお釣りをもらう際、たとえば運賃が五シリングでチップを一シリングという場合十シリング札を出すとすれば Give me four shillings. といって出すのが確実な方法だそうです。右の場合、一シリングのチップなら Thank you, sir. くらいですが、それ以上になると Thank you very much, sir. あるいは Thank you very much indeed, sir. など金額によって応対の言葉も違ってくるし、逆に九ペンスだと無言、六ペンスだと文句をいわれる場合もある、という工合です。

■ハリーの話

ハリーは昔ランバートのバレエ団で踊っていたのですが、今はバレエ衣裳《いしょう》のデザインをやっています。そのハリーが、今日つぎのような話をしてくれました。

ある紳士がエクセターに行く汽車に乗った時のことだ。コンパートメントに入って席に着こうとした時、彼は向い側の男の顔に目をやって、そこに異様なものを発見した。

その男は、ボーラー・ハット（山高帽）に黒いオーヴァー、銀色っぽいスカーフを首に巻いて、細身の蝙蝠を持っていた。いわば典型的な中年のイングリッシュ・ジェントルマンである。

ところがその紳士は左の耳にバナナを詰めていたのだ。

誰しもやるように、バナナを食べようとする時は、皮を半分くらいまでむいて、後は手で持つために残しておく、そういう工合にむいたバナナの身のほうを、その紳士は耳に差していたのである。

しかもその紳士は進行方向に向って窓ぎわに坐っていたから、開け放った窓から入ってくる風が、半分むいたバナナの皮を——バナナを差した耳は窓から遠い側だったが——絶え間なくはためかせていた。

これはしたり！　と思わず叫びそうになったのをあやうくこらえて、後からきた男はともかく腰をおろして機械的に新聞を拡《ひろ》げた。

ついでながら、英国紳士たるものは、コンパートメントで向いあった人間の顔を決して見ないことになっている。彼等が汽車に乗る際、必ず新聞を持つのはこのような理由によるものだ。

さて、彼はタイムズを眼の高さに捧《ささ》げて読み始めた。第一面は三行広告欄。自動車売りたしロールス・ロイス・シルヴァ・クラウド・コンヴァティブル、八五一〇ポンド、――どうしたもんだろう、やっぱり忠告してやるべきだろうか――サルーンなら六三六七ポンド――しかし一体どう切り出したもんだろう。まさかバナナが耳に詰ってますよともいいにくいし――サルーンには、シェル・グレイ、バーガンディ、ミッドナイト・ブルー、セージとスモーク・グレイの各色あり。――しかしこれは何か深いわけがあるのかも知れんぞ――ハウス・キーパーを求む、癌《がん》研究所のために醵金《きょきん》を――そうだ、何かこれは不具を隠しているんじゃないかな、でなきゃ何か病気の治療法ということも考えられる。新型補聴器？　まさか――アフリカの大学で英文学の教授を募集。あなたの居間に美しいハワイの蘭を！

こんな工合にして、時間はのろのろと過ぎ去り、彼はついに新聞を隅から隅まで読んでしまった。政治面、経済面、海外ニュース、死亡広告、劇評、スポーツ欄、梢《こずえ》まで登って進退きわまった猫を救《たす》けるため、七十フィートの林檎《りんご》の樹《き》を伐《き》り倒したプライス・ハロウェイ氏六十五歳。しかし、樹が倒れそうになって軋《きし》み始めると猫は驚いて降りてきた。あるいはまた広告代理業の広告、「あなたは今朝コーヒーを飲みませんでしたか？　コーヒーでなければ紅茶、あるいはそれがあなたの習慣であれば一杯のスコッチだったかも知れません。そうです、八月も他の月と同じようなものです。広告だって同じこと、古い人は、八月に広告するのは愚かなことだといいます。だがしかし、あなたは今この瞬間何を読んでいるのですか？」

彼は溜息《ためいき》をついて新聞をたたんだ。最早《もはや》逃れるすべはない。エクセターまでは、まだ二時間もある。彼はついに勇気を振りしぼって相手の眼を捕えた。

「まことに失礼ですが――」

ところが彼の声は少しばかり低すぎたようだ。しかも、相手の紳士は左耳にはバナナを詰めているし、右耳は窓側だから風の音とレールの音でほとんど聞こえない。

「何とおっしゃいました？」

「まことに失礼ですが――」

彼は大声でどなった。

「耳にバナナが詰っているのをご存じですか？」

「何ですって？　もう一度おっしゃってください」

「あなたの耳にですね、バナナが詰ってますよ！」

「何ですか？　何とおっしゃいました？」

「ミーミーニーバーナーナーガーツーマーツーテーマースーヨー」

「すみませんが全然聞こえないのです。何しろ耳にバナナを詰めているものですから」


以上がハリーの話です。本当はもっともっと長くて、ハリーが話し終るのに四十分もかかりました。

こういうのをアンチ・クライマックスというんだよ、そういってハリーは初めてニッコリ笑ったのです。

■ジャギュアの到着

象牙《ぞうげ》色のジャギュア――これは是非ともジャギュアと発音してもらいたいのだが――が届いているから取りにこい、というので、わたくしは勇んで家を出かけました。注文してから約三カ月ぶりです。というのは、初めにこちらの注文どおりの車がなかったので、新しく出来る車をこちらの注文どおりにする他なく、従って時間もかかったと、こういうわけなのでした。

注文というのは、つまり三・四リッタァ、外は象牙色、内張りが赤、クロミゥム・スチールのスポークのついた白タイヤ、といったようなことです。

ジャギュアのマークⅡには、この他、二・四リッタァ、三・八リッタァがあり、色も数種類、内張りも数種類、それにオートマチックの有無、オーバー・ドライブの有無なんかも考えると、すべての注文に即座に応じるためには、会社は常に数千の組合せを用意する必要があるわけで、こんなことは事実上不可能ですからお客はどうしても待たされる、ということになります。

そのうえ、日本の場合、フロント・グラスは、割れた場合に一つ一つの破片が小さな立方体になって決して突きささらない特別なガラスを使用せねばならない、とか、スピード・メーター——正しい発音はスピド・オミターだが——の表示はキロのほうでやってくれとか、両脇《わき》についているバックミラー——これをウイング・ミラーといいますが——の有無、その型、それから人によってはまた天井が開くようにしたいということがあります。これには二つの方法があって、その一つは、天井の大部分を革張りにする方法、今一つは、運転台の上だけをスチールの引き戸にする方法で、いずれも前から後へスライドさせると、忽《たちま》ち降り注ぐ陽の光というわけで、サンシャイン・ルーフと呼ばれていますが、このようなことのすべてが、注文する時の問題になってくるわけなのです。

ついでながら、ジャギュアの部品は百以上の会社から集ってきます。電気系統はルーカス、タイヤがダンロップ、計器はスミス、ボディはプレスド・スチールといった工合なのですが、このうちスミスという会社が、最近七週間のストライキをやったため、例の「スピド・オミター」の附かないジャギュアが長蛇の列を作った、という話です。

ま、そんなわけで、遂《つい》にジャギュアは手に入りました。値段も、われわれ旅行者は無税だから、今のところトヨペットと大差はないし、今日なんか蟻《あり》喰いやペッカリを見に、ウィップスネイドの自然動物園まで行ってきたのであります。

■白鳥の湖

イギリスで車の中から人に道をたずねる場合、Am I on the right way to〜please? という表現が多いようです。

交叉点《こうさてん》、曲り角は turning が多く、突き当りは top あるいは bottom、左に曲る場合 turn to the left のほか、bear left というふうにいう人もいる。

まっすぐ、は、straight ahead、も少し先は、still farther on、信号 traffic light、ロータリー roundabout、工事中 road work（それにしても日本の under construction というのはどこから出たのかね)。

横断歩道は、白いペンキで縞《しま》が描いてあるため、ゼブラ（縞馬）の名があります。ゼブラを渡ろうとする人がいる場合、一旦《いったん》停止しないと訴えられるということで、法律を守るのが好きな英国人は、歩行者がいると実にまめまめしく止まります。

自分が停止しようとする場合、窓から腕を出して上下に波型に振る、というのが仁義らしく、わたくしはこれを「白鳥の湖」と名附けました。

白鳥を踊るバレリーナの肩や腕の動きに似ているからです。

それにしても何十台もの車が、信号にさしかかると、いっせいに「白鳥の湖」をやりながらスピードをゆるめる様子は、一種、めめしいとも恰好《かっこう》のつかないともいいようのない異様な風景です。

犬も、たいがいゼブラを横断しているようです。

■大英帝国の説得力

ロンドンで、一人の婦人が、子牛ほどもある犬をつれて、横断歩道を渡っているのを見たことがある。

犬にとって、その行く先はよくよくいやなところであったに違いない。腰をおとして抵抗しようとするのであるが、婦人は綱引きをする人のように、ほとんど四十五度くらい傾斜して力いっぱいひっぱったから、犬は「おすわり」をしたままの姿勢で、少しずつ移動してゆくのであった。

車の往来のはげしい通りで、このためにずいぶん車が止まったが、みんな英国人特有のがまん強い、落ち着いた顔つきで、もちろん警笛を鳴らすものもいない。

オープンにしたスポーツ・カーを運転していた一人の老人などは、しばらく運転席の中でごそごそしていたと思ったら、湯気の立つ紅茶茶碗《ぢゃわん》をとりだして、お茶を飲み始めたくらいである。

その間も、婦人は一心に犬を引っぱってゆき、横断歩道を渡り切ったあとまで、周囲のだれの顔をも見ようとしなかった。彼女の顔は——おそらく激しい運動のせいであろう——首筋まで赤くなっていたのである。

わたくしは、そのとき、洗濯屋の前に車を止めて妻を待っていたのであるが、事件が一段落したので読みかけていた本をとりあげた。

が、それもつかの間、五分ばかりして何気なく目をあげると、今度はさっきと正反対の光景が展開しているではないか。すなわち、不平満々の犬が毅然《きぜん》たる態度で反撃に移ったのだ。

今度は、引いているのは犬である。婦人の首筋は一段と赤みを帯びて、彼女は、見えないイスに腰をおろした姿勢のまま、見る見る出発点まで引き戻されてしまった。

犬は、今や得意の絶頂である。もはや内心の満悦を隠そうともせず、周囲をながめたり、後ろ足をあげて、あごの下をかいたりなんかもしてみたのだ。

わたくしが、全く英国的だと思ったのは、その後の情景である。

婦人は、犬と向かいあって道ばたにしゃがみこむと、わかりやすい大きな身振りを使いながら、ゆっくりした口調で犬を説得しにかかったのである。

話していることばは聞こえなかったが、右をさしたり、左をさしたり、大きな弧を描いたりしている手つきからすると、「いつもは、この道をまっすぐ行って左へ曲がって家へ帰る。今日は、この横断歩道を渡ってから右へ曲がって家へ帰ろうというだけの話だ。結局、同じことではないか」という趣旨であると思われた。

犬にとっては、かなり抽象的で、難解なテーマである。「そんならそうと早くいえばいいのに」という顔つきで、犬が先に立って横断歩道を渡り始めたのは、三十分ばかり後のことであった。

ロンドンからベルギー、フランス、スイス、オーストリアを経てイタリーに入り、イタリーを一ト月余り旅行して、今パリに帰っています。

この間走った距離は約一万キロ、東京から太平洋を横断してサン・フランシスコにいたる距離ですが、この間、穴ぼこが一つも無いのです。

少ない、とか、あまり見当らないとかではなく、一つも無い、ということになると、これはちょっと問題だと思われます。そこには、少なくとも、道に対する考え方の根本的な違い、つまり穴ぼこのある道は、道とはいえない、穴ぼこを放っておくような政治は政治とはいえない、という態度がうかがえるからです。

同じ常識とはいえ、穴ぼこのある道は、道とはいえない、という常識と、穴ぼこのあるのがあたりまえ、という常識とは何という違いでしょう。おそらく、この差は三十年、五十年というような小さな差ではないと思うのです。

いくら日本が貧乏だといっても、道を造れないほど貧乏なわけはありません。予算がない、計画性がない、技術者の不足、お役所仕事などといってみるより先に、煎《せん》じつめればわれわれの無関心が悪い道を造っているのだ、という事実を再認識すべきではないでしょうか。

だから、われわれは、まず、折あるごとに不満を述べあい、議論をたたかわし、役所に苦情の電話をし、新聞や雑誌にすぐれた記事を発見した場合には、手紙を書いて激励しようではありませんか。

その効果はあまりにも小さく、前途は気の遠くなるほど遥《はる》かです。しかし、これが、誰にでもできる唯一《ゆいいつ》の道造りではないでしょうか。

妹へ、

とうとう免許をとったそうで、まずはおめでとう。

忠告、といってもあまり口はばったいこともいえないが、自分がパトロール・カーになったつもりで運転してみてはどうだろう。

自分は絶対違反していない、という確信から生まれる精神的な安定感、これが運転にゆとりをあたえるのです。

いや、ほんとの話、たくさんの車を自分一人の背中に受けとめて歩行者を横断させる時の心地よさなどというものは、全くのところたとえようもないものです。

右に左に車を縫《ぬ》って疾走すること、左側に障害があるとき、右にはみ出すのはしかたあるまいが、そのため本来通行権を持っている反対側の車をとめること、右の二つは最も醜態ですからやめましょう。
以上、とりあえず忠告します。

パリの信号燈《とう》は、例のガス燈と同じように渋い臙脂《えんじ》色に塗ってあり、これがマロニエの緑と石のペーヴメントに素晴しく調和しています。
また、赤、橙《だいだい》、緑、の三色の灯火も、パリでしかみられない、非常にデリケートな色が出ています。殊《こと》にオレンジは素敵で、全くフランス的としかいいようのない、不思議な蜜柑《みかん》色なのです。

おそらくあの色に決定するまでに、随分サンプルもつくられ、検討も加えられたことでしょう。信号燈を黒白のダンダラに塗って安全第一を打ち出した、およそ美的でないイギリスと面白い対照です。

ともかく、トンネルの中を、やわらかなオレンジで照明したり、ちょっとした樋《とい》を鮮かなコバルトに塗ってみたり、お役所にしても、そのへんの親爺《おやじ》でも、いちいち使う色が壺《つぼ》にはまっていることは、全く心憎いばかりです。

パリの市内は、速度制限があるのかないのか、みんな七、八〇キロで飛ばしていますが、スピード違反で捕まったという話はあまり聞きません。

そうして一歩郊外に出ればスピード制限はありませんから、ヨーロッパの車は、どんなちっぽけな車でも一二〇キロくらい出るのが普通だし、また実用的でもあります。だから、急カーヴとか街が近づくと、まず百キロの速度標識が現われ、続いて八〇、六〇、四〇といった工合に標識が立っていて、スピードを落させる仕組になっています。

また道路標識の発達していることは驚くべきもので、それも日本の、初号活字に毛の生えたぐらいのやつではなく、コンクリートで作りつけた大きなものが、あらゆる分岐点に立っているので、およそ地図の上で発見できるどんな地点へでも九十九パーセントまで地図を頼りに行くことができるのです。

この道路標識が、薄いクリームの地に、コバルトの文字で書かれているのは、色彩心理学的な裏附けのあるものでしょうし、重要な分岐点では、五百メートルくらい手前に、コバルト地に白で書いた、予備の標識が出ていますから、まず読み落すということはありません。

そのほか日本と大きく違う点は、道路照明の普及度が高く、夜でもサイド・ランプだけで走れることが多いということでしょう。少なくともパリの市内で、夜ヘッド・ライトをつけたことは一度もありませんでした。

さて、これらすべてを通じて感じられることは、担当の役人が、実際自分で常に車を運転して、すべてを運転者の立場から解決しているということです。

だからこそ日本のように、「曲り角の先に死が待っている」などと大書して、しかも髑髏《どくろ》の絵までつけた奴《やつ》を何百枚も風致地区に打ちつける、ということをしないのです。効果がないということが自分でもわかりますもんね。

そんなことに使う金があるなら、突然道が悪くなっている場所や、工事中の場所を明るく照明し、かつ百メートル手前に、どんな雨の夜も読める「この先工事中」の大きな看板を立ててもらいたいと思うのです。

駐車違反を取り締ろうとするなら、レッカーなんぞ買わなくても、イギリスのように、交通巡査にマスター・キーを持たせてどんどん持ち去ればいいと思うのです。

■想像力

昨夜、大江健三郎とイオネスコの芝居を見に行きました。

演《だ》しものは、『禿《はげ》のプリマドンナ』と『レッスン』。劇場は百たらずくらいしか座席のないウシェットという劇場ですが、すでにロング・ランの五年目、健三郎は二回目、わたくしなぞは三回目です。こんな劇場も羨《うらや》ましいが、イオネスコを五年も続けさせるパリという都会も羨ましいところです。

さてニコラ・バタイユの演出を見ていつも思うのだけど、演出、とは結局想像力ですね。

例をあげれば判《わか》りやすいと思うのですが、わたくしは、半年ほど前、カンヌで、イヴ・シャンピという人の監督した『ゾルゲ』という映画を見たのです。

そのなかで若い夫婦が初めて観客に紹介されるシーンがあります。およそ「この二人は若い夫婦ですよ」といって作者が観客に示すやり方は一万とおりもあるでしょう。ところがこの映画で作者がその一万とおりの中からえらんだのはこんな方法です。すなわち、若妻がエプロンを掛けて台所で働いています。そこへ外から帰って来た夫が現われ二人は接吻《せっぷん》する、というのです。

これは一体どういうことでしょう。むろんこの責任の大半は脚本にあるわけですが、これ以上安易で、投げやりな想像があるでしょうか。

現在の映画が、撮影所製のだんどり芝居の域を抜け出て「実在性」を取り戻そうとするなら、わたくしの場合、その推進の軸となるものは「日常性」をおいてないと思います。

そしてまた、作家の想像力が一番あらわな形で出る場、というのも日常性の創造をおいてないと思うのです。

■旅馴《な》れてニタリと笑う

去年の春、最初にパリの真中に立った時、わたくしはどういうものか、「ああ、知ってる、知ってる。これは写真で全部知ってる、写真とまるで同じだ」と心の中で叫びながら、非常な驚きに捕われたものでした。

なぜ驚いたかといえば、写真で見たものが現実に出現したからで、写真に写されたものが現実に存在するのは当り前の話ですが、写真は現実ではない。フレームが、二次元性が現実を閉め出しているのです。写真は写真なのです。わたくしは今まで一度も写真に想《おも》いを凝《こ》らして、そこから心の中に現実の風物を再現させて見ようと努力したことのないことに考えいたって、しばしの感慨にふけったことでありました。

さて、今、八カ月ぶりにパリに帰って来ると、もうパリに入るのも五、六回目になることゆえ、さしたる感興もない。わたくしの友人に金山寿一という詩人がおりまして、その人の落首にいう。

旅馴れて
ニタリと笑う
俺の心の
ドン・ジョヴァンニ

まことにいい歌です。人生のさまざまな瞬間にふと口をついて出る、憶《おぼ》えておいていい歌だと思うのですが、わたくしの心境がこれであった。

■マドリッドの北京《ペキン》

ロンドンにて衣裳《いしよう》あわせ。日本と寸法の測り方に多少の差あり。すなわち、袖丈《そでたけ》を測る時、腕を横に水平にあげ、肘《ひじ》のところで直角に前に曲げる。

夜。

今度の映画のキャスティング・ディレクターである婦人と「アンバセダー」で晩餐《ばんさん》。三コース終ったところで、彼女はアスパラガスを喫す。アスパラガスは銀色に輝く「アスパラガスつまみ器」で食べる場合と、ナイフとフォークで食べる場合があるが、手で食べてもよいとされる。メイン・コースを終え、デザートもチーズも食べたくないが、なお物足りない、といった場合の一手段であります。

マドリッド、午後九時。

というと、澄みきった夜空、燦《きら》めく巷《ちまた》の灯、といったイメージが浮んでくるのであるが、実はさにあらず。ホテルの部屋一杯に西陽があかあかと射《さ》し、窓の外の、六本のポプラの大木が、葉の裏を銀色に翻《ひるが》えらせながら大きく揺れ動き、三人の青服の男が、広場中の並木に、もう二時間もかかってホースで水をやっています。

やがて十一時頃になって、あたりが暗くなり、そろそろ涼しくなる頃、われわれは黒っぽいスーツに絹のタイをしめて、冷たい蟹《かに》など喰べに街へさまよい出るのです。

ヨーロッパで、まだ一度も見ないもの、ネクタイ留め。

台本を渡される。

『北京籠城《ろうじょう》五十五日』の籠城十日目まで。

前半、というところだろうが厚さ一寸くらいある。

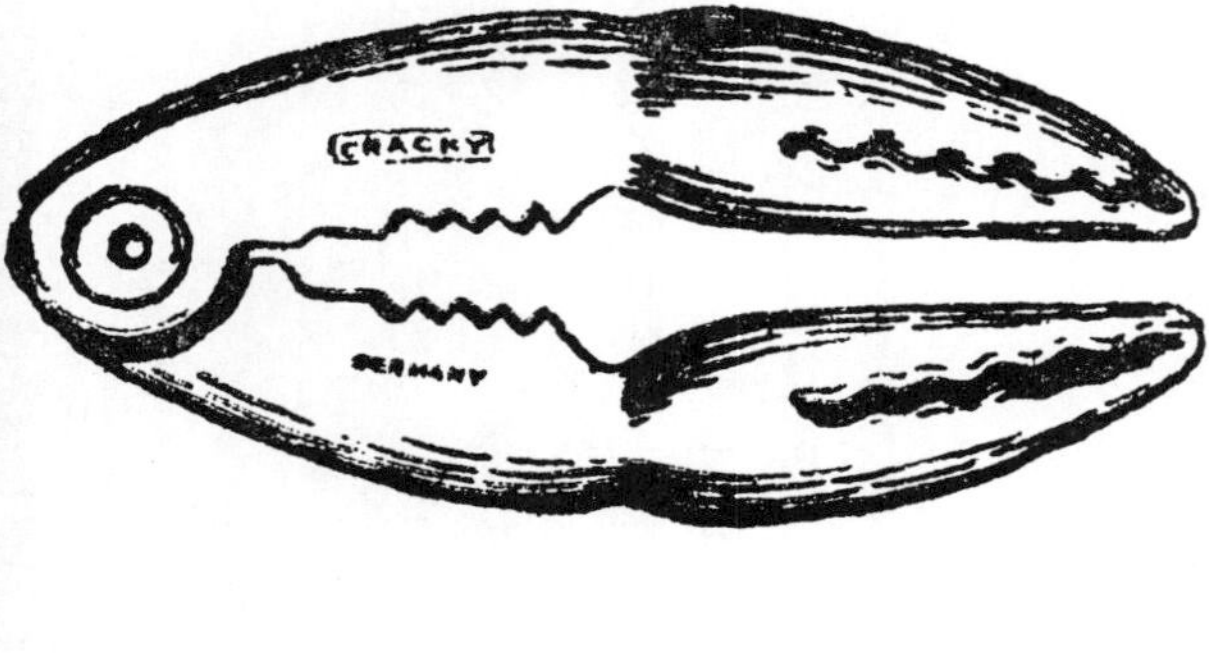

このままとれば全部で六時間くらいの映画ができるだろう。いい加減に読み飛ばしたが、わたくしの出番は前半ほとんどなし。

野球場が半ダースくらいすっぽり入る面積に、丸ビルより少し低い程度の厚い城壁をめぐらし、その中は北京の街である。

商店街があり、寺院があり、十数カ国の公使館がある。銀行、ホテル、多くの民家があり、河が流れていて眼鏡橋が四つかかっている。

河の水は緑色によどんで、鉛色の葉をつけた矮小《わいしょう》な木々が影を落している。河べりの埃《ほこり》っぽい道を、低い土塀に沿って歩き、わたくしは支那《しな》風の英国公使館にはいった。

中庭はすっかり水を打って、芝生が青々と繁《しげ》り、さまざまな植木を収めた、これはひどく英国風の温室もあった。庭の一隅の東屋の床几《しょうぎ》に腰をおろすと、公使館の瓦《かわら》屋根の上に、さまざまなけものの形が、暮れてゆくスペインの空を背景に、くろぐろと浮き出しているのがうかがわれた。

■ニックとチャック

今日は、オープン・セットでリハーサルです。

俳優の呼び出しは、一切「アーティスト・コール」と称する書類の配達によって行なわれ、その配達はまた契約に従って、例えば少なくとも十二時間前、という工合にきまっているわけです。今日のリハーサルのためのコール・シートは、昨夜、青い服の胸に、サミュエル・ブロンストン・プロダクションと縫いとりのある男が配達してきました。

さて、先日、初めてオープン・セットを見た時、わたくしはなんともいえぬ空《むな》しい感じに打たれたものです。

つまり、あまりにも金がかかりすぎている。たかだか娯楽映画の背景に正味何十分か現れるだけで、後なんの利用価値もないものに何十億というお金が使われている。誰にこんなグロテスクな浪費の権利があるのだろう。映画はそれに価いしない。チャンドラーが、非常に金のかかった家をこまごまと描写したあと、溜息《ためいき》まじりにこう書いています。

lost of money, all wasted.

ところで、セット自身の出来ばえをいうなら、わたくしは文句なしに、このセットが大好きだといえます。

まず、漢字が非常に美しい。おそらくアメリカ映画史始まって以来のことでしょう。商店街の看板、塀の落書き、旗印などにあらわれた文字が、中国の書家によって、巧拙たくみに書きわけられている、という点。

そして、すべての建物が表も裏もある本建築だという点。それから物質感がよく出ているという点。

このセットは『エル・シド』と同じチーム、コラサンテとムーアという二人のデザイナーの作品ですが、物質感といえば思い出すことがあります。

『エル・シド』に鐘がたくさんついた教会が出てきます。教会の前は、ちょっとした石畳の広場になっていて、そこに中世風の兵士が整列してエル・シドを迎える場面があったかと思いますが、わたくしは見ながら思ったものでした。

「第一、教会の様式が違うじゃないか、きっと古くて適当な奴がなかったんだな。それにあの広場は、撮影のない日は教会へくる人のための駐車場になってて、フォルクス・ワーゲンだのシトロエンだのが止まってるに違いない。きっとこれは交通標識を外したり、タイヤの跡を消したり大変だったろうよ。

それにしても、あの中世風の衣裳を着せられて大真面目《おおまじめ》で立ってるエキストラ連中は、さぞや実感がなくて困ったことだろう。こいつは大笑いだぞ。」

と思ったのが大間違い。この教会はセットでした。よく張りぼてであれだけ重厚なものができるものだ。うまいものです。


監督、ニコラス・レイに会う。

とてもやさしい、すみれ色がかったグレイの眼をした白髪の人で、六フィート二インチ、四十代の中頃で、白いポロ・シャツに、茶のスウェイドの上衣を着ています。

「あなたと一緒に働けるのはとてもうれしいのです」

と挨拶《あいさつ》すると、わたくしの顔をたっぷり一分間ぐらい無言で見つめたあと、

「君自身の口からそういうことを聞くというのは実に楽しい」

といってニコッと笑いました。静かな、不思議な人です。

あとで、記録係のルーシー伯母にきいたところによると、こういうことでした。

ニック・レイの最初の構想では、各々《おのおの》の国籍の役柄を、その国々の俳優によって各国語入り乱れてやろうということであったらしい。ところが、英、米、仏、伊、独、露といった国々は問題ないが中国人三人に人選難があり、かつこの構想は芸術的すぎるうえに不経済でプロダクションの気にいらない。

そこで、この構想は徐々に打ち破られ、結局全部英語で、ということになり、キャストのほうも、西大后＝フロラ・ロブスン、皇太子＝ロバート・ヘルプマン、将軍＝レオ・ゲン、という純正英国調に統一されたため、日本人が日本人をやる、というわたくしが、いわばニック最後の砦《とりで》だったわけなのです。

「ニックは、今の今まであなたが来るというのに半信半疑だったのよ。」

ルーシーはこういって話を結びました。

監督と話していると、むこうのほうから、赤シャツにサン・グラスの大男が近づいてきました。

監督が、

「これが、チャックだ。」

といいました。チャックとわたくしは挨拶したあと、なんとなく、青空にそびえる天壇のほうをそろってふりあおぎました。

チャックとは、チャールトン・ヘストンのことです。ついでながら、彼のことをチャールストン・ヘストンという人がある。ケイリー・グランド、なんていうのもいやだね。

このあとリハーサルが始まり、われわれはしばらく働きました。

■晩餐会

友人、白洲夫妻、休暇にてスペインへ来訪。ジャギュアをパリから持って来てもらう。多謝。

スペインで一番高い建物、トーレ・ディ・マドリッド（マドリッドの塔）二十三階のアパートに移転。

いかにも広すぎるので、ロンドンからきた中国の俳優、マイクルと部屋を分けることにする。

サミュエル・ブロンストン邸にてパーティ。メイン・スタッフ、キャスト、約七十人が招待される。

ブロンストン邸はトイレットにまでヴェニスのシャンデリアが燦《きら》めいて、客人を驚かすのでした。いや、はしたない話だけど、あのシャンデリアは、七十万円以下の代《しろ》物《もの》ではなかったな。

灯ともし頃より、約二時間、客人達は芝生の上にて談笑せり。

この間、金ボタン、金モールに着飾ったウェイター達が、シャンペンと、キャヴィア・オン・トーストを絶え間なく給仕して廻るのですね。しばらくすると、みんなキャヴィアに飽きて、誰も食べなくなりました。

前後の関係から、晩餐はチャックと同席す。

チャックは次のような話を披露しました。

数年前、彼が来日した時のこと。箱根のホテルで、彼がルーム・サーヴィスへギブスンを注文したところ、ギブスンがわからない。そこで彼は、カクテル・グラス、タンブラー、氷、ドライ・ジン、フレンチ・ヴェルモット、レモン、カクテル・オニオン、という工合に、必要な材料を一つずつ注文しました。

三十分ばかりして、注文の品が届いた時、チャックは、ハッと息を呑《の》んだそうです。

オニオンではなくて、にんにくがきてしまった。しかもそのにんにくは、すっかり薄くスライスされて、丁度、すきやきの玉葱《たまねぎ》のように、大きな銀のお盆に、美しく敷きつめられてあったのです。つまり、にんにくのフグづくりですね。

■同居人マイクル

冷や麦を発見。イタリーではカペリーニといわれる細い麵《めん》だが、冷や麦として結構食べられる。尤《もっと》も、腰は少し弱いが。

マイクルとわたくしは、小咄《こばなし》を交換することだけにこの一週間を費やしました。おかしい奴《やつ》ほど日本語になおすことができなくて残念です。次にその例を二つ。

百三十六階の住人

ビルは、ノルマンディ戦線で片腕を失い、陸軍病院にはいりました。この病棟にいる患者は全部、腕や脚を失った兵士ばかりで、現にビルと病室を分けあったフランクも、両腕、両脚を失って、ガラスの特殊なケースの中で日々を送っていたのです。

こんな悲惨な状態にありながら、少しもその明るさを失わないフランクを、ビルは心から好きになって、一年後、すっかり傷も癒《い》えて退院する時には、後に残るフランクのために涙を流して別れを悲しんだものです。

さて、それから三年、ビルは今やある会社の広告課長です。ある日彼が昼食から帰って見ると、フランクからのメッセージが届いていました。やっと退院できたから是非再会したい、というのです。すでに仕事もみつかったのかオフィスのアドレスも記されてありました。

ビルは、もう矢も楯もたまらず、すぐにそのアドレスへ駆けつけました。目指す番地は、五番街のまっただ中、真新しい百三十六階建てのビルディングです。フランクのオフィスはその百三十六階でした。受付に来意を告げると、ビルはとある一室に通されました。

それは、豪華なルイ王朝風の客間で、素晴しい家具が所よく配され、部屋の一隅にはグランド・ピアノの譜面台を照らす燭台《しょくだい》が蠟燭《ろうそく》の炎をゆらめかせています。

ビルが書棚の前に立って、その中に収められた本がすべて稀覯本《きこうぼん》であるのを発見して思わず嘆声を発した時、彼は、部屋全体が、軽ろやかに上昇するのを感じました。

驚くべし、この部屋全体がエレヴェーターだったのです。

やがて、扉が音もなく開き、彼は大きな部屋へ一歩踏み入りました。踝《くるぶし》を埋めるようなふかぶかとした絨毯《じゅうたん》が壁から壁まで敷きつめられ、遥《はる》か彼方《かなた》にはちょっとしたプールくらいも広さのあるマホガニーの机が望まれ、彼はその上に坐《すわ》っている友人を発見したのです。

「やあ、フランク。これは一体どうしたわけだね。いや、全く素晴しい。君は全体何者なんだ。どうやってこんなビルを、——いやはや全く凄《すご》いもんだな。ぼくは君がこんな金持だとは想像もしなかったぜ」

「いや、そんなんじゃない。君は何か誤解してるよ、ビル。ぼくは、ここで働いてるだけなんだよ」

「働いてるだけだって！　でも、ここはこのビルの中で一番いい部屋じゃないか。それを君は独占してるんだ。ははあ、判《わか》ったぞ。すると君は社長かなんかだな」

「困るなあ、ビル。そんなんじゃないってば。ぼくは傭《やと》われてるだけなんだよ」

「まだ謙遜《けんそん》する。じゃあ聞くが、傭われてるって、君は一体何をしてるんだ」

「ぼくはねえ、ここでは文鎮として傭われてるんだ」

スミス氏の散歩

ある春の晴れた朝、スミス氏が森の中を散歩していると、小径《こみち》の彼方に、巨大な象がこっちを向いて坐っていました。

スミス氏がステッキを振りながら近づいてゆくと、象は静かにほほえんで目顔で挨拶をしました。

「象、おはよう」

「おはよう、スミスさん」

「朝早くからこんなとこに坐って何をしてるんだい」

「ただ、坐ってるんです」

「そうかい、じゃ、さようなら」

「さようなら、スミスさん」

それから、スミス氏は森の中を通り抜け小川を渡り、どんどん歩いて行ったのです。径は次第に登り坂になり、スミス氏は、一面灌木《かんぼく》におおわれた小さな丘を登って行きました。

ところが、丘の頂きの柔かい日射《ひざ》しの中に、スミス氏は、もう一頭の巨大な象が、今度はあっちむきに坐っているのを発見したのです。

象はスミス氏の行く手の小径の上に、両側の灌木を押し分けるようにして坐っていたので、スミス氏は道を開けてもらおうと、象のうしろから声をかけました。

「象、おはよう」

象は答えません。

「象、おはようったら」

象は答えません。

眠っているのかな、と思って、スミス氏はステッキで象の尻《しり》を軽く「とん、とん」とノックしてみました。

象は答えません。

そこで、スミス氏は、今度はかなり強く、「ぴし、ぴし」とたたいてみました。

象は、ゆっくり振りむきます。

「やあ」

「象、おはよう」

「おはよう、スミスさん」

「一体こんな道の真中に坐り込んで何をやってるんだい。さっき、あっちで君の友達にあったけど、彼も道の真中に坐ってたよ。でも、君とは反対の方を向いてたっけ」

すると象は、もういかにも嬉《うれ》しそうに眼をくしゃくしゃさせて言ったのです。

「ほんとに彼はまだ坐ってましたか。それは素敵だなあ」

「彼が坐ってたらどうして素敵なんだい。一体、君達は何をやってるの」

「ぼく達はね、ブック・エンドごっこをやってるんです」

■お兄様と寝る

闘牛を見る。おそろしく田舎臭い見世物だった。

ロバート・ヘルプマン氏、千百ドル、約四十万円の腕時計を買う。バンドまで純金で、持つと、ずしりと重い。

スペインというところは、やたらにお巡《まわ》りの多い所です。オープン・セットにも、二、三十人の巡査が、何をするでもなく、ただゆっくり歩いたり、焚《た》き火にあたっていたりしている。

スタッフの中にも政府からのお目付け役がいるし、警察のスパイが何人か裏方として潜入しているともいわれる。

ルーシーが、最初にうちへ遊びに来た時、フランコの悪口だけは、どんなに親しいと思われる人にも言ってはいけない、要するに政治のことは一切口にするなと忠告してくれました。

彼女がスペインで初めて仕事をしたのは、十一年前ですが、その時、酔ってフランコの悪口をいったアメリカ学生が、いまだに監獄にはいっているという話です。

またスペインでは、子供を学校へあげるとえらくお金がかかる。というのはほとんどの学校が私立だからで、たとえば、撮影所で従妹《いとこ》同士の二人のおばさんが働いているが、二人で稼いで、やっと一人の姪《めい》を小学校に通わせている、というのです。

といったようなわけで、国民の教育水準が非常に低い。だから、たとえばレストランの給仕達の動きを見ていても、フランスやドイツとは明確な相違がある。少し混んでくるともう駄目なのです。頭を使えばなんでもないところを試行錯誤でいくから、どうにも混沌《こんとん》たるありさまなのでした。

また、字の読めない人が多いから、すべての映画はスペイン語に吹き替えられている。しかも、この国はカトリックが強いから、倫理的にまずいところは、徹底的に切られ、あるいは、別のセリフに吹き替えられてしまう。

たとえば、結婚してない恋人同士が、映画の中で一つのベッドに寝ることは許されないから、そんな場合は、

「一時間前に結婚したなんて、ほんとに夢みたいだね」

とか、

「お兄様と一緒に寝るの、子供の時から随分久し振りだわ」

とか、吹き替えるセリフで変えてしまうのです。いや、これは本当の話です。

でも、実際のところ、話題がこういうところに触れてくるのは、わたくしはとっても好きだったな。なぜなら、こういう時こそ、わが母国日本の教育水準の高さ、その文盲率の低さ、日本語版の『ニュールンベルグ裁判』にお客がさっぱりはいらなかった、というようなことを、顔を綻《ほこ》ろばせながら一席ぶつ好機ではありませんか。

日本では、乞食《こじき》でさえ、近頃のミステリー・ブームとやらで探偵小説を手放さない、なんてね。いいもんです。


四カ月ぶりに雨が降った。

■四人の俳優

チャックとデイヴィッド・ニーヴェンがセットの中で話している。

「マギーに初めて会ったのは、ロンドンでね。あれはなんの仕事の時だったかな。なんかローラー・スケートがやたらに出るんだ」

「ローラー・スケートねえ。君はローラー・スケートできる？」

「できるけど、あまり好きじゃない、音がね、うるさくって」

「やっぱり氷だね、スケートは」

「うん氷、氷」

「その映画の中で、君はナイフを投げなかったかい」

「いや、ナイフを投げるのは別の映画だよ。あれはジェリィが監督だったっけ。君はナイフ投げられるかい」

「ナイフ？　だめだね。投げられない。あれはむつかしいんだろ」

「いや、そうでもない。いいナイフがあればね」

「このナイフはどうかな」

「うん、バランスはいいようだねえ」

投げてみせる。ナイフは壁にささる。

「うまいもんだな。ちょっとぼくにもやらせろよ。——駄目だ。少し遠すぎたかな。」

「この辺からがいいんじゃないかな」

「もう一度やってみよう。――アレ、また駄目だ。君、もういっぺんやってみせろよ」

「うん」

こんな調子で二時間でも三時間でも喋《しゃべ》っている。えらいもんだ。

アルフレッド・リンチ、ハリー・アンドリゥスを伴って来訪。最後のすきやきパーティ。アルフィはもう数回なので先輩らしい顔でハリーに教えている。

「やっぱり肉は日本の肉じゃなくちゃ駄目なようですね。日本では食用の牛を暗い部屋で飼うんです。その部屋には、いつも音楽が流れててね。……いや、牛の神経をやわらげるんです。それからビールを飲ませたり、マッサージをしたり、ね」

ハリーは御飯を三つお代りした。

■エピック嫌い

撮影終了。

明日はジャギュアに打ちまたがってフランスへ。その後ドイツでアリフレックスの十六ミリを買えば、一路日本です。日本は月末になるかな。

さて、結論らしいものを出すとするなら、わたくしはエピックは嫌いである。エピックとは限らない、ハリウッド式の映画の作り方に非常に疑問を持つのです。

まず編集者が企業側に立って監督と対立しているのが気に入らない。

次に、脚本が充分推敲《すいこう》されないうちに撮影にはいり、撮影中に脚本がどんどん変る。これがまた気に入らない。

たとえば、撮影は大体こんな調子で行なわれる。部屋の中で何人かの人間が話しているとする。俳優はそのシーンを通して芝居をし、カメラはまずロングで一シーン取ってしまう。次にバストくらいでもう一度。そうして必要があれば更にアップをひろう。次にアングルを変えて同じことをやる。多い時には五つ六つのアングルから同じことをやる。

こうして厖大《ぼうだい》な材料を作って編集者に引き渡すのが監督の仕事であるらしい。大体これは不経済というものだ。第一これでは監督の仕事がないではありませんか。

コンティニュイティをたてない、構図はカメラ・マンがきめる、戦争など、特殊なシーンは別の監督がとる、スターどもの芝居には口出しできないとあれば、監督の仕事なぞ何もないではありませんか。監督や、脚本家が一番えらい日本の映画界を——遠くにいると、故国のイメージは次第に歪《ゆが》んでくる好例です——懐《なつか》しく思い浮かべたことでした。

結論、わたくしはエピックが嫌いです。監督のニックも同じような意見でした。

あと二、三日でヨーロッパともおさらばです。先に日本へ帰った友達は、渋谷の道玄坂を歩いていたら、あまりのみすぼらしさに泪《なみだ》が溢《あふ》れてきたといいます。「ムード」と週刊誌と香水入りおしぼりの国、日本。男が女よりも先に、タクシーに乗り込む国、日本。折角の風景を無数の広告で、すっかり台なしにしてしまう観光国、下水もないのにテレビだけは七つのチャンネルを持つ国、日本。

一生のうちには、ヨーロッパの友人を、大威張りで案内できるようになってほしいものです。

ともあれ、おいしい魚と、白菜の漬物と、おそばの出前と、それに按摩《あんま》のことを考えると、わたくしの胸は期待にはずむのでした。

■ロンドンの乗馬靴

秋の夜は、始まった時から更《ふ》けている。

窓の外に拡《ひろ》がる夜空はひどく暗くて、風が河のように流れ動き、われわれは、仄暗《ほのぐら》くした燈火《とうか》の下で、バッハを聴いたり、チェスの棋譜を繙《ひもと》いたり、チーズとウイスキーと、サリンジャーを一冊持って早めにベッドにはいったり、あるいは、外国の俳優たちと、スペインの、香りのない葡萄酒《ぶどうしゅ》を飲みながら、果てしのない噂話《うわさばなし》や、とりとめのない議論に耽《ふけ》ったりなんかするのです。

今夜も、ちょうどそんな風な晩だった。

たとえば、チャールトン・ヘストンが、ロンドンで乗馬靴を買った時の話なんかが出るのは、こんな時なのです。

あのね、チャックがね、ロンドンを散歩してたんだそうだ。多分、ボンド・ストリートか、あの界隈《かいわい》だと思うんだが、ふと、すごくいい感じの乗馬靴が目にとまったんだそうだ。みんなも知ってると思うが、あのあたりの店の飾り窓の趣味の良さというものは、わたしにいわせて貰《もら》うなら、パリのフォーブール・サン・トノレを凌《しの》ぐといってもいいと思うのだ。

控え目で、それでいて惚《ほ》れぼれするような質の良さ、形の格調の高さ、要するに由緒《ゆいしょ》正しいという感じを打ち出すそのうまさは、勿論《もちろん》、扱っている商品が本当に由緒正しいということもあるわけだが、わたしは世界一だと思っている。

たとえば、ロイド銀行の飾り窓を覚えているかね。間口三間くらいの小さな店だが、飾り窓には、燻《くす》んだオレンジ色の天鵞絨《ビロウド》の上に、少し破損した古代の天秤《てんびん》と、これまた、ひどく古ぼけたピストルが並べてあるだけ、といった塩梅《あんばい》なんだ。

チャックが、乗馬靴を見つけた店というのも、そんな工合の店の一つだったらしい。

飾り窓の中には、白と灰色で彩色した、馬の胴体の模型が一つ、ちゃんと鞍《くら》も鐙《あぶみ》もつけて芝生の上に据えてあり、その下に、くだんの乗馬靴がきちんとそろえて置いてある他には、なんの飾りも見当らなかった。

チャックはその靴が一眼で気にいった。そこでちょっと気おくれしながら、その店の扉を押してはいっていったわけだ。

店の中の薄暗がりには、番頭が、両手を体の前で軽く握りあわせて立っている。君たちは、連中がお客を迎える時の会釈《えしやく》のやり方を知ってるかね。こんなふうにやるんだ。ね？——頭をちょっと横に傾ける、というより、顎《あご》を斜め前の方へゆっくり突き出すんだ。そうじゃないよマイクル、もっとゆっくり、顎をすうっと滑らすような、——そうそう——もうちょっと目を半眼にしてごらん、——そうそう、ぴったりだ。

そこで、ちょっと気取った調子で、
カナイヘルプユー、サー？

っていわなくちゃ。

これはかなり堂々という。しかも、どこか猫なで声という含みが感じられなければいけない。つまり慇懃《いんぎん》ということだな。非常に礼儀正しく、落ち度がないが非常に冷たい。そんな調子で、
カナイヘルプユー、サー？

とやってごらん、これはイギリス的だよ。

さて、チャックを出迎えた男は、亜麻色の髪を見事になでつけた、色の白い、のっぺりした感じの若い男で、眼の色は青、角縁の眼鏡をかけて、少し雀斑《そばかす》があったそうだ。

そして黒っぽいスーツを着て、どういうものか、青い盲縞《めくらじま》のワイシャツに、ペルシャ模様のウールのタイをゆるめに結んでいたそうだ。

チャックが、

「乗馬靴を注文したいと思うのだが」

と切り出すと、その男は、チャックの眼をまっすぐに見てこう答えた。

「乗馬靴を御注文になりたい、なるほど、そして、乗馬靴は一体何にお使いになりますのでしょうか」

チャックは、咄嗟《とっさ》に乗馬靴の用途を懸命に考えてみた。——そうだ！　傘立て。マサカ！——しかたがないから、かなり自信をなくしながら答えた。

「何に使うって、つまり、まあ、馬に乗る時に履《は》こうかと思っているわけだが」

「なるほど。それは大変結構だと存じます。ところで、馬と申しますと、どんな種類の馬にお乗りになる御予定でいらっしゃいますか」

「それは、まあ、商売柄、いろんな馬に乗ることになると思うが」

「いろいろな馬でございますね。なるほど、なるほど」

というわけで、いや、こんな工合の質問が延々と続いた揚句、やっと寸法を取って貰うことが出来たわけだが、奴《やつ》らは、そのうえに、可哀想《かわいそう》なチャックの脚のレントゲン撮影までするという念の入れようだったそうだ。

ところで、この話を聞いたある男が、みんなのいる前でチャックに確めてみたんだ。その時のチャックは可愛《かわい》かったよ。一瞬ちょっとどぎまぎしてね、あの大男がポッと赤面したように見えた。「いや、あの時は冷汗をかいたよ。なにしろ、ロンドンで乗馬靴を買うっていうのは、ぼくの若い頃からの夢だったものでちょっとあがっていたのかもしれない。昔、ハリウッドで、西部劇の端役《はやく》なんかやって貧乏暮ししてる頃から、いつかロンドンで乗馬靴を買おうって、よく女房と話しあったもんだ。なあ、リディア。

ところで、その乗馬靴だが、注文して半年もたった頃、思い出したように送って来たんだが、中にはいってる木型がどうしても取れない。多分、見えないところに螺子《ねじ》かなんかがあって外すようになっているんだろうと思って随分調べたんだが、とうとう判《わか》らなかった。だから、あれは木型のはいったまま、今でもちゃんとしまってあるよ。

多分、あれは乗馬靴じゃなくて、木型を保存するための革ケースだったのかもしれんね」

そこで、われわれは顔を見あわせ、チャックはいい男だ、背広を着ると全く似合わないが、あんなにいい男はいない、と口々にいって、それから誰かが、プロデューサーのマイク・ヴァシンスキーが、ロールス・ロイスを注文した時、扉の外につける御紋章はいかがいたしましょうか、と聞かれた話をして、——君も、ロールスを注文しに行く時は、あらかじめ答を用意していった方がいいよ——一座はしばらく沈黙におちいった。

■監督の条件

それから誰かがニコラス・レイの監督ぶりをどう思うか、と切り出した。

「すごく人がいい。そして物静かで、自制心が非常に強い。俳優としては仕事のしやすいほうだろうね。」

誰かが答え、ニックが優しくて、静かで、いい人だということを、みんなが口々にいった。

わたくしは、そこで、ルイス・マイルストンの言葉を思い出した。

「でもねえ、マイルストンがいってるよ。監督がね、あの人はいい人だ、としかいわれなくなったら、その人はおしまいだって。」

「なるほど、うまいことをいったもんだな。でも、これは、ニックには内緒にしよう。そこで君に訊《たず》ねるが、一体、いい監督の条件とはどういうものだと思う？」

「あのね、映画の中によく電話が出てくるだろう。その、電話の扱い方なんだけどね、電話のベルが鳴って受話器のクローズ・アップになるっていうのは、必ず下手な監督だね。いや、下手じゃなくても、便宜主義的で、想像力のない監督だね。」

「なるほど、じゃあカメラ・マンはどうだろう。」

「ぼくは、カメラ・マンの想像力が一番はっきりあらわれるのは対話をどう撮るかだと思う。

　考えてごらんよ、対話っていうのは、一つの映画の何割かを占めてるよ。しかも撮り方が何通りあるか。僅《わず》かなもんじゃないの。二人を同時にフレイムに入れるか、一人ずつの切り返しになるか、あるいは移動やパンを使ってその折衷をやるか、そのくらいしかないんだ。

　今まで何百万通りの対話が撮られたかしらんが、この分野で何か新鮮なことをやるというのは大変なことだと思うな」

「ふん、すると、シナリオ・ライターに関してはどうなるだろう」

わたくしは、悪いシナリオ・ライターの簡単な見分け方に関しては、かなりはっきりした考えを持っているのだが、これはいささか、わたくしの英語の力に余ったから議論は人にまかせた。

■原子力研究所員の恐怖

わたくしの考えというのはこうである。

劇的な、というより、筋書きのはっきりした映画では、物語りを進めるために、さまざまなことを観客に説明する必要が起ってくる。

つまり、簡単な例をあげれば、その時、何時であったか、とか、誰それが殺された、とかいうことである。

これを観客に知らせないと、筋書きが進展しない、という場合、一体どのように説明するか。

シナリオ・ライターが、なげやりで想像力のない場合、時刻はたいがい時計のクローズ・アップで示される。

また安手のテレヴィ・ドラマや、B級の刑事ものの映画では、殺人が電話で報告されるシーンは、およそ次のような形をとることが多い。

「ああ、もしもし、うん田中だ――なに？――山口電機の社長が？――うん――死体になって発見された？――場所は？――麹町《こうじまち》の一番町、一八の五――よしわかった――うん、すぐ行く」

電話では相手の声が聞こえないから、自分で相手の分までやってるわけだ。こんな調子ならシナリオを書くのは訳はない。

おそらく書いてる本人も、さぞや恥ずかしかったことだろう。しかし、こんな台詞《せりふ》をもらった俳優はもっと恥ずかしいんだよ。みんな恥ずかしさをこらえて、何とか、気分を出そうと、「なに死体になって発見された？」なんて緊迫した声でいってみたりしてるが、どうにも御都合主義の印象はまぬがれない。

たとえば、原子怪獣ラドン、のような奴が突如出現する。逃げまどう群衆。その中に原子力研究所の所員がいる。彼のクローズ・アップになると、彼は恐怖に顔を引きつらせ、わななく指で怪物の方を指し示しながら叫ぶ。

「あっ！　あれは、うちの所長を殺したラドンだ！」

一体、恐怖にわなないてる筈《はず》の人がこんな説明的なことを叫ぶものだろうか。どうせ説明するなら、いっそ徹底的に、こんな工合にやったらどうかといいたくなる。

「あっ！　あれは約六千万年前に地球上から一切絶滅したといわれていたにもかかわらず、どういうわけか最近突然出現して、うちの所長を殺したラドンだ！」

これが、ホーム・ドラマだったらこんな工合だ。

「おや？　あそこに渡辺君が、毎朝出勤の時に乗って来る自家用車で走って行くぞ！」

「あら！　運転している渡辺さんの隣りの席に坐《すわ》っているのは、先月からお隣りの鈴木さんの二階に下宿している花子さんだわ！」

「オーイ、先月からお隣りの鈴木さんの二階に下宿しているハナコサーン！」

「オーイ、運転してる渡辺さんの隣りの席に坐ってる、先月からお隣りの鈴木さんの二階に下宿しているハナコサーン！」

説明的な台詞の愚劣さとは、かくの如《ごと》きものである。いいシナリオほど、それと判らない形で自然な会話やショットの中に、説明を織り込んでゆくのである。

■外国語を話す外国人

初めて外国の空港に飛行機が滑りこんだ時、わたくしは窓の外を眺めながら、奇妙な感慨に捕われたのを憶《おぼ》えている。

その時、わたくしは見るともなく、飛行場で働いている何人かの労働者を眺めていた。団扇《うちわ》のような形の標識を振りながら、飛行機を停止位置に誘導している男、ガソリンを積んだ黄色い小型トラックから、何やら担《かつ》ぎ出している男、エンジンの音に耳を塞《ふさ》ぎながら、飛行機が停止するのを待っている何人かの労働者たち、彼らは、ひどくだらしなく、うらぶれて見えたが、まぎれもなく白人であった。

わたくしが、白人の下層労働者の姿を肉眼で見たのは、これが初めてであって、彼らのみすぼらしい、無知な様子が、わたくしには、よほど珍しい、不思議な、予知しなかった存在として写ったようである。白人が、あんな雑役をやってるぞ！　と心の中に叫んで、わたくしは密《ひそ》かに恥ずかしくなった。これでは、例の、ロンドンでは乞《こ》食《じき》でさえも英語をしゃべる、という古臭い冗談から一歩も出ていないのではないか。

自分の心の中のどこかに潜んでいた白人崇拝の念が、わたくしをひどく驚かせたのである。

もしも誰かに、外国人の定義とは何か、と尋ねられたら、わたくしはためらわず、外国人とは、外国語しかしゃべらぬ人である、と答えるに違いない。わたくしにとって、彼らは、一個の人格である以前に、外国語そのものであるように思われる。

だから、わたくしはもちろん外国語は苦手であって、自分のいいたいことが、どうしても外国語にならない時や、相手のいうことが、どうしても理解できないで、無限に「パードン？」を繰り返す時には、自分が全く無力な、卑小な存在になり果ててしまったように感じられる。相手がウェイターであれ、タクシー・ドライヴァーであれ、彼らが、彼らの母国語を、当然のことながら自由自在にあやつるのを聞くと、彼らの姿が何かひどく権威を持ったものに感じられ、わたくしは、自分がその前で間違っている一人の生徒であるかのような気持になってくるのである。

そもそも、わたくしにとって、外国語は学問であった。言葉なんて、本当はそんなものではない。自動車の運転や、料理、生花、社交ダンス、などと同列に属するものとみてよろしかろう。使いようによっては、ひどく便利でもあり、有意義でもあるが、それ自体、われわれの人格に何ら本質的なものを附け加えはしないのである。ところが、わたくしはやはり、勉強にとらわれているのであろうか。外国人に話しかけられると、問題を解く、という構えになる。こちらから話す場合には、意思を通じることよりも、まず、文法的な過《あやま》ちを犯すまいという懸念《けねん》が念頭にくる。

要するに、言葉なんて意味が通じればいいのさ、ナニ、外国人だって日本人だって同じ人間じゃないか。同じ人間である以上、なすこと、考えることは大同小異だよ。それよりも、楽な気持で相手に接すること、つまらない劣等感を持たないこと、これが先決問題だと思うな。

こんな風に忠告してくれる人というのは、大概、彼自身、少なくとも二、三カ国語を自在にあやつることができるのだ。わたくしなどとは悩みのレヴェルが違う。

それにしても、世界中のどこへ行っても、自分の母国語だけで押し通せるイギリス人とかアメリカ人というのは、一体どんな気持がするものであろうか。つまり、われわれが日本語で押し通すようなものだが、この気持だけは是非、一度味わってみたいような気がする。

■あいづちについて

われわれの日常の会話を、つぶさに観察してみると、相槌《あいづち》と、相手のことばの繰り返しがかなりの比率を占めていることが判明する。実際、それだけでも会話はかなり

円滑に進行するのである。
ＢＢＣのテレビに即興劇の番組があって、俳優が即興のセリフをやりとりしてゆくうちに意外なドラマができあがるのであるが、ドラマがゆっくり進行している間はともかく、とんでもない方向へ急速に発展し始めると、ついには俳優の頭の廻転が追いつかなくなり、相手のいうことを単に繰り返すだけになってしまう。たとえば、こんなぐあいなのだ。
「きみは一体イギリスの人口問題をどう思っているんだ」
「ぼくが、イギリスの人口問題をどう思ってるかって？」

「そうさ、イギリスの人口の半分は犬と猫なんだぞ」

「まさか！　イギリスの人口の半分が犬と猫だなんて」

「本当だとも。統計局へ行って調べて見給《たま》え」

「統計局へ行って調べる？」

「そうさ。いやそれより年鑑で調べたほうが早いぞ」

「そうだ。年鑑のほうが早いよ」

「年鑑はどこだ」

「ええと年鑑はどこだっけ」


わたくしは、これをマスターして、どうでもいい会話に応用してみることを思いついた。これと、適切な相槌を織り交ぜて使用すれば、どんなに興味のない話でも、膝《ひざ》を乗り出さんばかりにして聞いているかのごとき印象を与えることができるのである。第一、相手の長い饒舌《じょうぜつ》を、時折「イエス」という以外全く無言で聞くというのは、あまりにも曲がなさすぎてみじめなものではあるまいか。この技術に必要な相槌は、次の数種類である。

really?
not really!

quite.
exactly.
certainly.
indeed.
must be.
I can't believe it!
No!（まさかあ、という感じで、長く引っ張る）
その他、言葉尻《じり》の加減で、
Isn't it?, Did you?, Have you?
などを使用することもできる。そうして、時に相手の言葉を繰り返し、時に簡単な質問などを発すれば、会話はほぼ完全な満足のもとに進行することが発見されるのである。

■握手の名人

握手、というものがむつかしいのである。特にこちらから握手を求めるということはむつかしい。相手がタイミングよく応じてくれるかどうか判《わか》らないからである。

勢いよく差し出した手を無視されて、手のやり場に困り、髪に手をやった途端、「おつむのお加減でも悪いんですの?」と冷ややかにいい放つ女の話を読んだことがあって、それでわたくしは取り越し苦労をしているのかもしれぬ。相撲の立合いの如《ごと》きものであって、ちょっとした気遅れや、ためらいもあってはならないのかもしれぬ。いずれにせよ、わたくしは、よほど気心のしれた友人はともかく、通常相手から求められない限り、決して握手はしないという原則を持っている。グラスを片手に何十人もの見知らぬ人と握手して廻る、大カクテル・パーティなど、考えるだけでも不愉快である。第一不潔ではないか。

しかし、握手にも、うまい握手、下手な握手、良い握手、いやな握手が存在するのである。

わたくしの知る限り、最も握手のうまい人間は、アラン・ブロンというプロデューサーであった。澄み切った青い眼で、真直《まっすぐ》に人を見る長身の男で、ジャギュアのEタイプを持ち、その車のことを話す時には「マイ・チャイルド」と呼んでいた。

彼の手は、常に乾いていて暖く、握手する時には、その長くて力強い手や指を、まるで板のようにピンと伸して差し出すのであった。

普通の人は、いきなり全力で固い握手を結ぶのだが、彼は、一旦《いったん》軽く握ってから静かに力を加えていって、固い握手にまで到達するのであった。

彼の握手には、一種微妙な時間的因子のようなものが働いており、いかにも心の交流というものを皮膚感覚で表現しようとすれば、こういうことになるに違いない、と思わせるような、独特の力強い流動感があったのである。

多分、彼には握手に凝った一時期があったに違いない。寒い霧の朝、不意にオープン・セットで出会った時など、彼が革の手袋を一瞬のうちに取り去って、手をこちらに差しのべてくる素早さには、目の醒《さ》めるようなものがあった。革の手袋などというものはなかなか一瞬にして脱げるものではないのである。

アラン・ブロンと逆なのが、マラガで会ったジョン・モーティマーという劇作家であった。彼の手は冷たく湿っており、しかも握手に際して全く力を入れるということをしない。わたくしは、グニャリとした濡雑巾《ぬれぞうきん》のようなその感触に、思わず手を引っ込めそうになって、危うく思いとどまったのであった。

■産婦の食慾《しょくよく》

シック・ジョークとか、ブラック・ヒューマーとかいった類の、病的で陰惨な笑いがある。たとえばこんなぐあいだ。

ある産院の一室で、今しがた分娩《ぶんべん》をすませた婦人がベッドに身を横たえている。彼女の顔には、過ぎ去った苦痛と、激しい疲労が、はっきりと跡をとどめているが、しかしそれとても、彼女の顔に誇り高い安らぎの微笑が浮び上ってくるのを覆《おお》い隠すことはできなかった。

この時、ドアが静かに開いて、一人の看護婦が晴やかにはいってくる。彼女の腕の中には、真白なタオルに柔らかく包まれて、赤ん坊が、天使のようなバラ色の頬をして眠っている。母親は待ち兼ねたように手を差し伸べていった。

「あら、わざわざ包んでくれなくてもよかったのに。今すぐここで食べるんだから。」

わたくしにこの話をしてくれたのは、あるホモ・セクシュアルのイギリス人である。そのせいかわたくしには、この小咄《こばなし》を作ったのがどうもホモ・セクシュアルの男のように思えてならないのだ。彼らはこんなふうな他愛ないやり方で、常に女権を失墜させようと企《たくら》んでいるのである。

一般に、というようなことはいいたくないが、わたくしの狭い経験の範囲では、彼らは、普通の外国人よりずっと細やかに動く、襞《ひだ》の多い心を持っている。礼儀作法ではなく、心の翳《かげ》りから生まれた気がねや思いやりを持っているように思われる。人間関係において非常に我慢強く、赦《ゆる》すこと、諦《あきら》めることを知っている。つまり、私小説的な精神風土に育ったわたくしたち日本人には、たいへん近しい、親和力を感じさせる存在である。

普通の西洋人は、わたくしには、何かずっと酷薄な、武装した存在に感じられる。友だちづき合いをしていても、いつ、しらじらしいただの他人に変化してしまうかわからない。自分の権利が少しでも犯されそうになろうものなら、ただちに冷たい叱責《しっせき》をまなざしに浮かべて、激しく抗議してくるに違いない振幅の狭さが感じられて気が許せない。

あるいはまた、普段ひどく無口で、はにかみやの大男が、突然、われわれアメリカ南部の白人が、過去においていかに黒人と美しい協調をなしとげてきたか、いかに黒人が現状に満足しているか、黒人問題などというものは、実際問題として南部には存在していない、という驚くべき発言を、アメリカ人独特の、身についた正義の身ぶりで愚かしくしゃべりたてるのである。

これは我慢がならない。屈折のない心、含羞《がんしゅう》のない心、これは我慢がならない。わたくしの外国の友人たちが、イタリー人を除いてほぼホモ・セクシュアルである、というのはかかる理由による。

■マイクルの韜晦《とうかい》

マイクル・チャウは若い中国人の俳優で、イギリスのパスポートを持っている。長い困難な外国生活が、彼を、東洋的な韜晦ですっかり武装させてしまった。

彼はまた抽象画家でもあるのだが、彼の絵というのが、むしろ、額縁に入れた純白の和紙そのものに近く、仔細《しさい》に見ると、片隅にかすかな円形が墨で描かれてあったり、小さな丸い穴が幾つかあけられてあったりする、といった工合なのだ。これに彼は、たとえば「片手による拍手」といった、極めて禅的な——と彼はいうのだが——標題をつけて、黙って白人たちに示すのである。

こんな方法で彼はかなりの成果をあげているらしく、彼の絵を所蔵している小さな美術館もあるし、マドリッドでは個展を開いてやろうという画廊もあらわれたのである。

彼は、かなり西欧的な教育を持った青年であるが、白人たちに対しては決してその東洋的な発想法をくずさない。彼の茶飲み話は、三国志的な奇怪なロマネスクに満ちており、決して枯渇《こかつ》するということがない。何故《なぜ》なら三国志の中だけでも、トロイの木馬程度のエピソードが無数に散見できるからである。

中国では、娘が結婚する時には、母親が、家伝の毒薬の調合法を伝授する。なぜなら、嫁いだ娘に、本妻とその子供を殺す必要性が生じてくるかもしれぬ、また彼女が本妻であれば、多くの妻やその子供たちを殺さねばならぬかもしれないではないか。われわれくらい毒殺の好きな国民はまたとないと思うな。それに君、知ってるかね、中国には弁護士というものがいないんだぜ、いや数が少ないというんじゃない、弁護士という職業が存在しないんだ。といった調子の、嘘《うそ》とも本当ともわからない話が際限なく続くのである。

晩餐会《ばんさんかい》は彼の得意の場面だ。

中国では、太い竹の筒に鼠《ねずみ》の胎児を入れ、これに蜂蜜《はちみつ》を満たして保存しておく。そして中の胎児がトロトロになった頃合を見はからってこれを食べるんだが、そのうまいこと、などといって恍惚《こうこつ》としたまなざしをみせるのである。

彼にいわせると日本人くらい頭のいい国民はいない、という。彼らは西洋人たちに、優れた製品を黙って作らせておく。そうしてその製品がいいものだと判ると、寸分違わないものを造作なく作りあげる。それが、また信じられないくらい安いのである。仮にジッポのライターが千円だとすれば、日本製のジッポは百円くらいだ。しかも性能は全く変りがない。こんな完全な復讐《ふくしゅう》があるものだろうか。禅的だ。というのである。

最後に会った時、彼はスペインの地中海岸に土地を買ったという話をしていた。海に面した小さな山を半分買って三万円くらいだったという。また、契約して半年以内に家を建てるなら、敷地は無料なのだ、ともいっていた。しかも、その家というのが、小さいながら部屋が二つと、バス、トイレット、キッチンのある煉瓦《れんが》作りで、それが四十万円くらいで建ってしまうのだ。

「冬の間、そこで絵を描いて暮すつもりなんだ。なにしろロンドンの冬はひどいからね。それに、ぼくは神経痛があるだろう。それも支那《しな》のリューマチだ。西洋の医学じゃだめなんだ。これは、どうしても中国の医者でなくちゃなおせない。彼らは実に奇妙な薬を使ってリューマチをなおすんだぜ。その彼らの使う薬たるや——」

同じ席にいた白人たちを、またも彼が煙に巻き始めるのを横目で見ながら、わたくしは静かに席を立ったのである。

■楽しい飛行機旅行

われわれを乗せた飛行機が、大地を目ざしてぐんぐん突込んで行く。あわや、地表に激突！　という寸前、操縦士が渾身《こんしん》の力でもって操縦桿《かん》を引っ張ると、見よ！　飛行機は、ふわりと機首を立て直して、滑走路に滑り込んだ。

これが着陸である。

ところが、この、最後の瞬間に操縦桿をグイと引く、これが滅法勇気のいるものだそうで、初めての操縦士なぞ、思わず目をつむってしまう、というくらいなもんだ。それを、側《そば》に控えた先輩が、

「引っぱれ！　引っぱるんだ、この馬鹿《ばか》野郎！　引っぱるんだ！」

と絶叫しながら、棒でぶん殴るのだという。

さる、ヴェテランの機長の話に、ある時、気流の関係で、操縦桿がテコでも動かない。副操縦士、通信士、それに、二人のスチュワーデスまで、（こんなことは、無論規則違反なのだが、そんなことはいってられない）みんなで操縦桿に取りついて、ウンウン引っ張るのだが、動かばこそ。窓硝子《ガラス》ごしに見える地面がどんどんせり上って、

最早これまで、と観念したとたん、操縦桿がじわりと動いて、九死に一生をえたのだという。みなさん腰が抜けたようになって、しばらくは立つことができなかった。

ジェット旅客機なんぞといっても、ふっふ、とんと野蛮な話ではございませんか。

■ミモザ

飛行機で思い出したが、ヨーロッパの朝食で、一番贅沢《ぜいたく》な飲物は何だと思う？

グレープ・フルーツ・ジュース、なんかじゃないよ。グレープ・フルーツは、日本では二、三百円、高い時には五百円なんていう時があったが、ロンドンでは、一等いいやつが一個一シル、即《すなわ》ち五十円だ。

何といっても奢《おご》りの頂上は「ミモザ」ということになる。「ミモザ」というのは、シャンパンをオレンジ・ジュースで割ったものだ。

シャンパン、というのは嫌いな人が案外多いものだが、「ミモザ」を作ってすすめると、大概のシャンパン嫌いも、オヤ、という顔をして、どんどんお代りしたりなぞするようである。

わたくしは、飛行機に乗ったら、飲物は「ミモザ」ときめている。

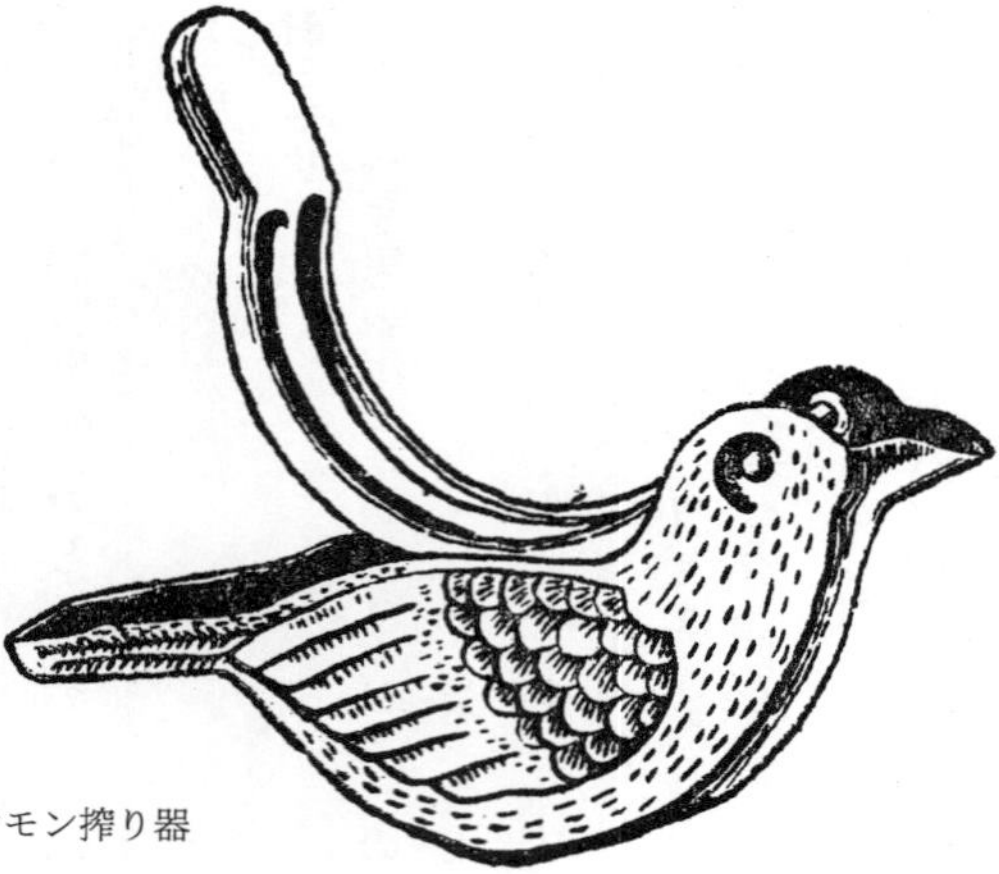

レモン搾り器

一等なら、シャンパンは全くタダなのだが、わたくしは滅多に一等には乗らない。短い航路ならともかく、ヨーロッパ往復で、二等との差額が二十何万円にもなっては、乗りたくても乗りようがないではないか。

ところで「ミモザ」の話だが、シャンパンは何も一等と限ったことではないのだ。二等だって、お金さえ払えば、税無しの、素敵に安いシャンパンが飲めるのです。

ポメリーの半壜《びん》が、七百円と少しくらいだったと思う。オレンジ・ジュースはタダだから、自分で半々に割って、ま、気楽に召し上って下さい。

ウン、シャンパンに関しては申し添えることがあった。

世に「シャンパンを、ポンと景気よく抜

く」なんぞということがあるが、シャンパンの栓を、ポンと音を立てて抜くのは、これは下品なことなのですね。出来るだけ音のしないように、かすかにプスッという程度で抜くのが正しい。

パリに「マクシム」という超一流のレストランがある。たとえば、この「マクシム」のウェイターが、シャンパンを、ポンと音を立てて抜いたら、彼は即刻クビになるというからただごとではない。

■おばさんの収入

ホテルを引き払う際、ポーターが荷物を運び出しにやってくると同時に、どこからともなく制服のおばさんが二人くらい出現する。

即ち、チェンバー・メイド、つまり、われわれの留守中にベッドを作ったり、バス・ルームを掃除したりするおばさんたちが、チップを集金に来るのである。

彼女らは、何となく入口のあたりに立っている場合もあるし、また、何となく用あり気にはいって来て、手にした布で、ちょっちょっとその辺の埃《ほこり》を払ったり、あちこちの抽出《ひきだ》しを開けて、忘れ物が無いかどうか調べるふりをしたりなんかする。

それが、あんまり見え透いてて、催促がましい。不愉快だから、わざと知らん振りをしてチップをやらなかった、と報告した人があったが、これなどはどうかと思う。彼女らは、給料で雇われているとは限らないのだよ。概して、チップが彼女らの唯《ゆい》一《いつ》の収入源であるようなことが多いのだ。とするなら、気持は判《わか》らぬでもないが、こんなところで、妙に潔癖がるのはフェアではない、と思われるふしがある。

要するに、僅《わず》かな金で、相手も喜ぶし、自分も気分がいいのだ。「金で済むことじゃないか」というセリフはこういう場合にこそ当てはまるのです。

聞くところによると、アメリカの暖房というのは凄《すさま》じいものであるらしい。暑ければ暑い程よい、というのだろうか、つまり半袖《はんそで》のシャツ一枚で仕事ができる、という風でないと気が済まないらしい。

日本から持って帰った、欅《けやき》の、一枚板の机が、ピーンと裂けてしまった、などという話を耳にする。

それが、英国へ来ると、(英国人というのは、どこまでも英国的である) 暖房というのが、何ともうすら寒い。確かに外よりは暖いのだが、どこからともなく、隙間風《すきまかぜ》が忍び込んでくる感じ、これが本格なのだという。

こういう部屋に坐《すわ》って、天候の話をしたり、相手が隙間風に当っていないかおもんぱかったり、あるいは膝掛《ひざかけ》毛布を用いたりするのが、何とも英国式なのである。スポーツ・カーに乗ってる連中だって見て御覧。みんな物々しく身ごしらえして、冬のさ中でも、オープンにして走っている。

夏、全館冷房のホテルへ泊ると、冷たい空気の出口を、セロテープでふさいでしまって寝たりする。こういうのを本当の紳士、本当のスポーツ・マンというのかも知れん。

■ランドリーその他

あまりにも我々に親しい外来語なので、それがそのまま通じるかと思うと、意外に通じない、というような言葉があるものである。

まさか、外国へ行って、コフィをコーヒーといったり、プディングをプリンといったり、トラウザーズをズボンといったりする人はあるまい。こういうのは、日本語化があんまりはっきりしているから、間違っても、うっかり口をついて出るというようなことはないだろう。

ところが、洗濯屋をランドリー、と、誤って覚えている人は随分いる。これは、当然、ローンドリィでなくてはならぬ。ガレージなんぞもそうだ。これはギャラージュでしょう。

また、アクセントが違うものがある。例えば、秤《はかり》とか、釣り合うとかいうバランス、これは、日本語のバランスから類推して、ラにアクセントをおくと通じない。バランス、でなくてはならぬのです。

また、誤りではないが用法の違うものがある。たとえばガソリン（正しくはギャソリンだが）である。英国ではペトロールという。参考までにいえば、フランスではエサンス、イタリーではベンチーナである。従って、ガソリン・スタンドともいわぬ。ペトロール・スタンド、とか、フィリング・ステイションとかいう。

あるいは、こんなこともある。

パーティも終りに近づき、空が仄白《ほのじろ》く明るんでくる。この時、一人のプレイ・ボーイが、ピアノに向ってボソリと呟《つぶや》いた、そのせりふがふるっていたのだ。

「朝だなあ、いっちょモーニングでも弾くか」ときたのである。これは困るよ。

モーニングというのは、モダン・ジャズの名曲だが、モーニングの綴《つづ》りは、moaning 即ち「呻《うめ》く」という意味だ。アート・ブレーキーとその一党がこの曲を演奏した際、ヘイゼルという女流歌手が感極まって「神よ、めぐみを！」と呻いたとか呻かなかったとかで「モーニング・ウィズ・ヘイゼル」即ちヘイゼルと共に呻く、というのがこの題名なのだ。

それから、少し見当が違うが、日本の、一見お偉方、といった人が、外国のレストランで、給仕をつかまえるのに、よく「ヘイ」などと声をかけているのを見掛ける。「ヘイ・ユー」なぞともいう。これはいささか見苦しい。少なくとも下品である。矢張り、折り目正しく、「ウェイター・プリーズ」とか、フランスでなら「ギャルソン・シル・ヴ・プレ」とかいう工合にやってもらいたい、と思うのです。

■和文英訳

うちの斜向いはプラザ・ホテルで、二十四階建てである。その屋上プールで、あるイギリスの俳優に水泳を教え始めた。

今日は浮き身を練習しよう。

いいかね、まず水の中で仰向きになる。

体の力を抜いて楽な気持よ。ただ背中だけはうんとそらす。それから顎《あご》もうんと持ち上げる。足はバタ足と同じ、しかし沈まない程度にゆっくりでいいよ。

それから腕はね、自然に下へおろして、ゆっくり左右に開いたり閉じたりする。その時大事なことはね、腕を外へ開いてゆく時は手のひらをちょっと外へ向けるようにする。閉じてくる時はちょっと内側へ向けるようにする。手のひらが真横に水を切ったんじゃ浮力が生じないよ。

さて判ったらやって見よう。

はい、プールのふちを軽く蹴《け》って仰向きになる。

もっと背中をそらして。

顎をあげた。

手も足もいそがしすぎるよ。

もっと力を抜いて。

肱《ひじ》を軽く曲げてごらん。

違う違う。もっと顎のあたりまで沈んじゃっていいんだよ。ほら、手が水の上に出てる。水の上で掻《か》いたんじゃなんにもならないよ。もっとゆっくり。背中をそらす。楽に楽に。そうそう。違う違う。

という工合にやろう、と思ったんだけど、これがむつかしい。なんだこんな簡単なことと思う人は、これを読むと同じくらいのスピードで訳してみい。しかもイギリス人やアメリカ人がごろごろしている前で大声でこれをやるんだからねえ。第一仰向きになるというのは英語で何というか、バタ足はどういうことになるか、手のひらをちょっと外側へむける、というのはどうか、水の上で掻いたんじゃ何にもならん、というのもむつかしいではないか。英語を習い始めて十何年も経《た》つのにこんな簡単なことがいえないのかね。

英語に対する自信が一遍に凋《しぼ》んでしまうのはこういう時なのです。

■スキヤキ戦争

気のあった俳優連中や、スタッフをよんでトンカツを食べてもらうことにする。スキヤキも評判はいいのだが、材料が肉と葱《ねぎ》とレタスしかないから、わたくしとしては飽き飽きしている。しかもスキヤキはひどく面倒くさい。

なぜ面倒かというと肉を自分で切らなきゃならないからである。たとえば一キロの肉を、スペインの切れない庖丁で薄く切るには三十分くらいかかる。

外国では、肉を薄く切る料理というのはないんじゃないかな。あれは箸《はし》で食べるからこそ成立する形式でしょう。

だって考えてごらんよ、テーブルの真ん中にスキヤキ鍋《なべ》をおいて、五人くらいの人間が、まわりから一斉にナイフとフォークで肉の奪いあいを始めたら、これはどういうことになるかね。

これはむしろ戦争といってもいいのではなかろうか。

わたくしはヨーロッパ人を招待する時には、箸を使うことを精神的に強制するため、必ず一席ぶつことにしている。

諸君、食卓は憩《いこ》いの場所である。安らぎの場所である。

深い感謝を自然に捧《ささ》げながら、その恩恵を享受《きょうじゅ》する、喜びの場所である。

その平和の場へ、金属製のナイフとフォークという、凶器に酷似した、まがまがしい道具を持ち込むということはいかがなものであろうか。

単に味覚という見地からしても、金属で物を食べるということは好ましくない。ナイフで切断された、フラットな切り口は、食物の自然な舌ざわりを著しくそこなうものである。

そこへくるとわれわれの箸はどうです。この静かな簡素な形、竹や木で作られた物質感の好もしさ、しかもです、ナイフやフォークが、たかだか六、七世紀の歴史しか持たないのに反し、箸には二千年以上の歴史があるのです。

どうです、皆さん、箸を使おうではありませんか。

といったようなわけで、うちへ来る連中はかなり巧みに箸を使う。どうしてもそれができない不器用な人には、連中が慰め顔にナイフとフォークを渡してやるのだが、内心いささかの得意を隠すことができないのである。可愛《かわい》いもんじゃありませんか。

さて、今日はトンカツです。

連中は、糸のように切られたキャベツに大よろこびです。山のようにあった一口カツがまたたく間になくなってしまう。

ついでながら、わが社の一口カツの作り方にはちょっとしたインチキがある。まず、衣をつけて油に入れる、片面が揚がった時にひっくり返し、両面とも狐《きつね》色になって上へ浮かび上がってきたところを引き上げて、フライパンに入れてオーヴンに入れる。

こうすると衣から適当に油が切れて、見た目もいいし、過熱から肉が固くしまってしまうということもないのである。

■ハイ・スクール・イングリッシュ

ある中国人から妙な小咄《こばなし》を聞いた。

「わたしが嫌いな人間のタイプに二つある。一つは偏見を持った人間、もう一つはニグロだ」


ロンドンにいると、日本人がいかに器用であったかということを、しみじみと想《おも》い出しますね。

たとえばデパートへ行く。かなり四角い、たとえば書籍かなんか買うとしましょうか。そんな簡単な形のものでも、かれらには満足に包めないのです。

紙包みの形がなんとなくゆるんでいてしまりがない。なんとなく、ウジャケタ感じなのです。紐《ひも》だって真ん中に真っ直《ます》ぐ結んでない、なんか斜になっていてだらしがない。

書物みたいな簡単なものですらそうなのです。まして、電気スタンドとか、罐詰《かんづめ》とハンガーと一緒に、なんていうことになると、もうどうしようもない。包みを受け取って五、六歩も歩くと、すっかりゆるんでばらばらになってしまう。それからお札の勘定の下手なこと。

トランプ占いふうのスタイルで一枚一枚皺《しわ》をのばす感じで置いていくのだから、これは時間がかかりますよ。

わたくしは、今度来る時には包装と、お札の勘定、そしてソロバンを習ってからこようと思う。みんなアッと目を見張るよ、それは。

ところで、わたくしは今、学校にはいって英語を習ってます。アメリカ風の発音というのは、ヨーロッパやイギリスでは、えらく低く評価されているから、この機会にブリティッシュ・イングリッシュの発音に烈《はげ》しく迫ってみようと思うのです。

イギリス風の発音は、例えばRを発音するとき、アメリカのように喉《のど》をしめない。子音は明瞭《めいりよう》に発音し、例えばベターがベラーのようにならない。鼻にかかった発音をしない。オウの発音が、エウに近くなる。例えば、

Don't smoke.

は、むしろ、デウント・スメウクに近づく、といった特徴を持っている。

このイギリスの発音をマスターすれば、どこへ行っても恥ずかしくない。時にアメリカ人に、随分、癖のない発音だけど、どこで習いました、なんていわれるよ。そういう時は大概、なに、日本のハイ・スクールで習ったきりです、と答えるけどね。

■これだけは知っておこう

外国人が誰でも驚く話は、日本ではテレビのチャンネルが七つあって、朝早くから深夜まで放送しているということ、映画の製作本数が年間五百本ということ、大学を出た新入社員の給料が、週、約一四〇ドルくらいであるということ、魚を生まで食べるということだと思う。

それから、長い間にはきまって話題になるのがハラキリである。

わたくしは今回は少し切腹について学んできたから、ハラキリの話が出た時には、うんざりした顔でいうのだ。

あのねえ、ハラキリっていうけどねえ、腹を切って即死する訳じゃないんだぜ。ハラキリには介錯人《かいしゃく》というのがいてね、その男が切腹した男の首を斬《き》るわけなんだ。

だがね、斬るといっても、斬り落すわけではないよ。皮一枚残して首が胴につながっていなくちゃならない。

そのためには、首に四分の三くらい斬り込んで、あと刀をスッと手前に引く、引きながら斬っていって、適当なところでとめるわけなんだな。

もしも首を斬り離しちゃうと、これは打首ということになって、これは罪人に対する扱いをしたことになるから——ハラキリっていうのは処刑じゃないんだよ、自決なんだ——だから打首にしてしまった介錯人が今度は腹を切らなきゃならないことになる。いや、大変なことなんだよ、これは。

それに、介錯のタイミングがまた難しい。これは腹を切る人の度胸によって違って来るわけだ。

つまり、この切腹する人の勇気の度合をランクづけるのも介錯人の一つの大きな役割りなんだ。

一番臆病《おくびょう》な人には扇子腹といって、刀をのせる三宝に扇子をおく。そして三宝をうんと遠くにおくわけだ。切腹する奴《やつ》が扇子に手を延ばそうとして体を前に傾けた時、首を斬るということになる。

その次は、今と同じだが扇子が刀になる。その次は、刀に手をかけた時に斬る。その次は刀をとって、腹に突き立てようとした時に斬る。

それから、突き立てた時に斬るのがあり、突き立てて横に掻き切った時に斬るのがあり、一番偉い奴は、一文字に掻き切って、それからそれを胸の方へ切りあげ、刀を懐紙でぬぐって鞘《さや》に納め、それを三宝に返し、居ずまいを正して、どうぞ、と声をかけた時に斬るんだなあ。

そのほかに自決というのもあるよ。これは介錯人のいない場合だ。すなわち、切腹した人間が自分で喉を突いて死ぬ、ということだね。

この場合、特に注意してもらいたいことは、あまり腹を深く切ってはならぬ、ということだ。腹を深く切りすぎると、ショックと出血が大きすぎて、喉を突く力が消失《う》せてしまう。即《すなわ》ち、そのままの姿勢で長く苦しむ、ということになって、これは見苦しいことであるとされている。

だから、自決の際には、くれぐれも、軽く皮だけを切る、という心構えを忘れないでいただきたい。

と、まあ、こういうことになるね。

君らが一口にハラキリというけど、ハラキリとはこういうものなんだ。

まあ大体これで一座はシンとしちゃうね。あと何かの機会に、その時の聴き手の前で、他の人間がハラキリの話を持ち出せば、彼が滔々《とうとう》として受け売りをしてくれるから、わたくしとしては、おれはハラキリなんか毎年やってるんだ、という顔で静かに微笑してればよいのだ。

ハラキリに対する正しい知識は、今やヨーロッパにおいて連鎖的に広まりつつある、とわたくしは確信している。

■さて、心構えを一つ

外国を旅行して廻ると、ある町なり、国なりの印象が、いかに瑣末《さまつ》なことにかかっているかということに気づくものである。

たとえば、ガソリン・スタンドの男の子の態度とか、ホテルの部屋の壁紙の模様とか、飛行場の税関で待たされた時間の長さとか、あるいは、レストランで見た辛子を入れる壺《つぼ》の美しさ、とかいった類《たぐ》いのことである。

「偏見を得ようとするなら、旅行するにしくはない」という言葉がある。まさにハタと膝《ひざ》を打ちたくなる言葉ではないか。われわれが、いかに儚《はかな》い印象から、いかに確乎《かっこ》たる結論を得ているか、これは驚くべきものがある。

これはまた、立場を変えていえば、われわれ旅行者の些細《ささい》な行動から、その国の人たちが、日本人に対する、確乎たる印象を作りあげているに違いないということである。

旅行者は、それゆえ、事実、その母国を代表していると思わなければならぬ。つまり心構え、としてはこれに尽きるのだが、今一つ附け加えよう。

ホーム・シックというものがある。これは一時、人生から降りている状態である。今の、この生活は、仮の生活である、という気持ち。日本に帰った時にこそ、本当の生活が始まるのだ、という気持ちである。

勇気を奮い起こさねばならぬのは、この時である。人生から降りてはいけないのだ。成程言葉が不自由であるかも知れぬ。孤独であるかも知れぬ。しかし、それを仮の生活だといい逃れてしまってはいけない。

それが、現実であると受けとめた時に、外国生活は、初めて意味を持って来る、と思われるのです。

II

弟那馬尔加
人口三百十万
ユトラント

ツンフル
コルレス ウエキ
ハムビュルリ
キイル

ゾイデル洋

ヲーデンフコ
アムス川
フレソン
アンテオスヒル
コロタン
シンテデル
スチレ
ハレン
ルント
* 伯霊
スチトカルト
フラテンワ
マインツ
キセヤルクン
巴威里

獨乙全盟

北連悉
ビデテル
ヨイハラ
コライス
巴理斯
モンチント
セ子ベ
アンス

佛蘭西
人口三千六百万
ピビキカロルバ
維ヒ斯ガホロ
ニルトベ
アクセンシスス
海度シにナニ三キメ
十湾ド十三キス

■沈痛なバーテンダー

二日ばかり前から、マジョルカにきています。マジョルカの風景は、スペインというより、むしろ南仏、それも、エクス・アン・プロヴァンスあたり、つまりセザンヌの風景画に似ています。

ことに、空の色と、岩肌と、松の木の形が、セザンヌの影響を露骨に受けた、という感じなのです。

われわれは古いお城を改造したホテルに滞在していますが、ここのバーは、むしろ古い銃器の陳列室に似て、妙に単純な形のピストルや、いくらなんでも長すぎると思われる、旗竿《はたざお》のような鉄砲や、引き金のあたりに、いかにも精巧な感じのメカニズムが露出した石弩《いしゆみ》なんかが、壁一面に掛けられてあって、われわれは、そこでカクテルを二杯ばかり飲みながら、あたりがゆっくりと虹《にじ》色にたそがれてゆき、やがて、夜が、満ちてくる潮のように、あたりをひたしてゆくのを眺めるのです。

ところで、このバーのチーフというのは第一流のバーテンダーであった。

彼の作るシャンペイン・カクテルは絶妙だったし、しかも彼は、わたくしの知る限り、シェイカーを片手で振っていや味の無い唯一《ゆいいつ》の人間だったと思うのです。

由来、シェイカーを片手で振ることは邪道であるとされている。片手で振るいわれが全くないからです。そこで、これを強いて正当化しようとするならば、遊んでいる片手で常に別の作業を続け、つまり忙しいから片手で振るのだ、ということをはっきり示さねばならないということになるのです。

彼は、これを実に優雅にやってのけたよ。むしろ沈痛といってもいい面持ちでシェイカーを振りながら、あいている右手では、お客の前の灰皿をとる、灰を捨てる、新しい灰皿を出す、さがってきたグラスの水を捨て、グラスを流しの水に沈める、おつまみのオリーヴを小皿にいれて出す、コースター、つまりグラス・マットを出す、冷してあったカクテル・グラスの氷をあけて、グラスをコースターの上に置く、置いたところで振りおさめて、できあがったカクテルを静かに注ぐのであった。

動作は、流れるように美しく、無駄がなく、手は常に最短距離をゆく、しかも沈痛な面持ちをくずさない。

■カクテルに対する偏見

つまり、カクテルというものは、味覚と演出とが五分五分くらいに入り混ったものだ、と思うのです。

だから、わたくしは、どうも蜜柑函《みかんばこ》三つを改造して日曜日に作り上げるホーム・バーといった代物《しろもの》は、あまりゾッとしないのです。いや、それはそれで結構だし、それに応じた愉《たの》しみ方があるのかもしれないが、わたくしはごめんだね。

一体に、日本で飲むカクテルはまずい。あれではカクテルが誤解されるのも無理はないよ。本当の酒飲みはカクテルなんか飲まない、といった風潮すら見受けられるではないか。

本当においしいカクテルを、ミックスできるバーテンダーが、一体東京に何人いるか、おそらく十指に満たないと思うのです。だから、それ以外の場所で、怪しげなマルティニを飲んだ人々は、ことごとく、カクテルに対して偏見を抱くようになってしまう。

まったく惜しいと思うのです。カクテルというものは、本当は愉しいものなのにね

カクテル・ワゴン

え。第一、カクテルがないとしたら、晩餐《ばんさん》前、夜の早い時間に何が飲めるだろう。ブランディは食後の飲みものだから先《ま》ず除外しよう。ビールはおなかが一杯になってしまう。じゃあ、日本酒でも飲むかね。これからステーキでも食べようという時にも日本酒でいってみますか。すると残りはウイスキーとでもいうことになるのだろうが、ご婦人と一緒の場合だってあるんだぜ。君はウイスキーでいいだろうが彼女には何を飲ますかね。

わたくしは、彼女の、その日の気分や、好み、アルコール許容度、そして服装の色などをおもんぱかって、これ以外なし、というカクテルをピタリと注文する悦《よろこ》びは、男の愉しみとしてかなりのものと考えるのだが、いかがなものであろうか。
次にカクテルに関する二、三の覚え書きを記す。

マルティニ

カクテル・グラスに氷を入れて、グラスを冷やす。一方、ミクシング・グラスに氷を入れて、ドライ・ジン、次いでドライ・ヴェルモットを注ぎ、バー・スプーンで二、三回かきまわす。ジンとヴェルモットの割合いは、三対一でも九対一でも好みに応ずる。

カクテルは、冷たいことが身上であるから、ジンやヴェルモットなどは、あらかじめ、壜《びん》ごと冷しておくバー・マンもいる。

次に、カクテル・グラスの氷を空け、ミクシング・グラスからマルティニを注ぐ。

ついで、短冊《たんざく》形に切ったレモンの皮の両端をつまみ、マルティニの上で、ちょっと引っ張り気味に、捻《ひね》るように絞ってからこれをマルティニの中に浮かす。

九対一より、もっとドライなものを作る場合、ミクシング・グラスにはジンだけを入れる。次に、カクテル・グラスの氷の上からヴェルモットを注ぎ、氷も、ヴェルモットもそのまま捨ててしまう。つまり、カクテル・グラスの内側がヴェルモットで濡《ぬ》れている、という状態にしておいて、ミクシング・グラスからジンを注ぐのである。レモン・ピールの扱い方には今一つ方法があって、この場合はレモンの皮を、直径一センチくらいに丸くそぐ。次に、マッチを擦って右手に持ち、飲み物の上にかざし、マッチの火にむかって、二つに曲げたレモン・ピールをちょっとつまむ。すると、レモンの皮の毛穴（こんないい方はないと思うが）からピュッと吹き出した脂肪分が、小さな青い光を出して燃え、レモンの香りがマルティニに移る、ということになる。

さもないと、表面に脂肪がギラギラと浮いた、いかにも油で汚れたグラスで作ったみたいなマルティニができあがる。

ギムレット

これには、ライム・ジュース・コーディアルというものが必要である。しかも、これはイギリスのローズという会社のものでないとうまくない。ライム・ジュースであろうが、ライム・マーマレイドであろうが、ライムとくればローズにきまっているのだ。

ミクシング・グラスに氷を入れ、ドライ・ジン、次いでライム・ジュースを注ぐ。

この割合は諸説あるが、二対一くらいが適当だと思う。

これを、冷やしたシャンペイン・グラスに注ぎ、胡桃《くるみ》大の氷を一つ入れる。

そもそも、これは船の旅で、赤道祭の時に飲むためのカクテルであった。だから氷を入れるのは、氷がグラスに当ってチロチロと涼しい音を出すようにという配慮である。

従って、この氷は、炎天下でなければ省略してもよろしいかと思う。

ジン・バック

バックという言葉には僧侶《そうりよ》という意味があるのだそうである。なんでも、その昔、黒い僧服を纏《まと》った坊さんがラベルに描かれたジンがあって、それが語源になったというが、定かではない。

buck つまり、バック・スキンのバックと同じスペリングである。ついでながら、バック・スキンとは、裏革のことだと考えている人がいる。「スウェイドのバック・スキン」なんていう。これは意味がないね。バックは牡鹿のことだから、従ってバック・スキンは鹿革でしょう。スウェイドはね、あんた、鞣《なめ》してない山羊の革ということなんだ。「スウェイドのバック・スキン」なんて、豚の焼き鳥みたいなもんじゃないか。

ところで、ジン・バックだが、これを作るグラスは、コーリン・グラスという、上から下まで同じ太さの、背の高いグラスがよい。

まず、レモンを半分に切って、皮に隠し庖丁をしておく。要するに、レモンのジュースが出やすいように、切れ目をいくつかいれておくのです。

これをグラスに深く押し込む。

ジンを好みだけ入れて、ジンジャー・エールで割り、氷を浮かす。

冷たければ冷たいほどよい。

マドラーで、レモンをギュウギュウ押して、好みの酸《す》っぱさにして飲む。

プランターズ・パンチ

氷を細かく砕いて、コーリン・グラスに一杯つめる。

氷を砕くには、乾いたフキンに氷を包み、氷かきの柄か、コカ・コーラの壜で丹念に叩《たた》けばよい。これをフラッペという。

さて、レモン半個、オレンジ半個を絞ってジュースをとる。ラム、砂糖のシロップを好みだけ加え、シェイカーで、凍りそうになるまで振り、これをコーリン・グラスに入れたフラッペの上から注ぐ。グラスの縁に、オレンジ、レモンの輪切りを添え、パイナップルを一切れ、サクランボなんかものっける。正式には、ミントの葉を挿すことになっている。

要するに、お子様ランチ風ににぎにぎしくなければならないのである。ストローも二本、そしてマドラーもさし込んでおこう。

最後に、グラスの表面をよく拭《ふ》いて、残ったフラッペを両方からギュッと押しつけると、フラッペは瘤《こぶ》のようにグラスにくっつくことになっている。乾いたフキンで砕いたフラッペでないと、絶対にくっつかないから、注意を要する。

■**おつまみ**（アーティショーその他）

カクテルについて書いたついでに、おつまみについて知るところを述べる。といっても、わたくしは別に料理に趣味を持つわけではないから、自分では至極簡単なものしか作らないことになっている。

たとえばピーマンをミジン切りにして鰹節《かつおぶし》と混ぜ、お醤油《しょうゆ》をかけて食べる、といった工合のものである。シラスボシなんか入れてもよい。この手のもので、生玉子を二つばかり割り、鰹節と海苔《のり》を山ほどかけてお醤油をたらし、かきまわして食べる、というのもある。山芋があれば拍子木に切って同じようにして食べる。

もっと簡単なのは、紙のように薄く切った玉葱《たまねぎ》、あるいは拍子木に切った人参《にんじん》を塩で食べるのである。ウイスキーと調和する。

また、わたくしには仏蘭西《フランス》料理だってできるのだよ、その気になれば。

アーティショーというものがある。英語でいうとアーティチョークである。一見、緑色をした巨大な百合根《ゆりね》の如《ごと》きものであって、その、松傘風に重なった、鱗《うろこ》状の葉っぱの一つ一つは、肉の厚さや、先が針のようになっているところなど竜舌蘭《りゅうぜつらん》の葉に似ている。

アーティショー

日本では五月から六月が季節であって、東京なら八百屋に頼んでおけば、どこからか取り寄せてくれる。はしりの頃は高くて、一箇二百五十円くらいもするが、六月の終りには、五十円か、もっと安くなることもある。

これを二十分ばかり茹《ゆ》で、次に冷蔵庫に入れて冷やすのである。これで調理は終り。

小皿にオリーヴ油を入れて、これにレモンを少々絞り、ブラック・ペパーをたっぷり、塩を少量振りかけてドレッシングを作る。

食べ方、などといっても格別のことはない。アーティショーの葉っぱを、外側から順に一枚ずつむしってはドレッシングにつけて食べるのである。

ただし食べるといっても、葉っぱの一番根元のところに少量の柔らかい肉があるだけだから、葉っぱの真中あたりを歯でくわえ、葉っぱの先端をつまんでしごくように引き抜くのである。

こうして何十枚もの葉っぱを順番に食べてゆくと、内側になるに従って、葉っぱはだんだん柔らかくなり、ついには殆《ほとん》どそのまま食べられるようになる。

さて葉っぱを全部むしってしまうと、お皿の形をした芯《しん》が残る。芯には細かい毛が密生しているが、これはつまんで引っ張れば一団となって簡単にはがれるから、むしり取って捨てる。この芯がまたうまいね。しかもこの芯に至るまでの行程が、どんなに急いでも十分や二十分はかかるから、こんな愉しい食べ物はまたとあるまい。わたくしは、マドリッドでアパートを借りてから毎日二つか三つずつ食べ続け、多い時には一日七つも食べたのである。

どんな味がするかっていうと、そうですねえ、一等近いものはそら豆じゃないかな。

さて、最後にエスカルゴについて書く。エスカルゴはカタツムリであって、自分で調理するにはかんづめを買う以外にない。日本で、十八箇入り千百円、とかいうのを見たような記憶がある。

ただ、かんづめの欠点はエスカルゴの身だけしかはいっていないことである。エスカルゴは、本来ならカタツムリの殻、代用品として、卵の殻を水平に切った形の容器があって、それに身を詰めて作ることになっているのです。

そして、左手で「エスカルゴの殻つまみ器」（女の人が睫毛《まつげ》を反らすのに使う器械に似ている）を使って殻を摑《つか》み、小さなフォークで身を引っ張り出して食べるのです。

しかし、感じが出ないのを諦《あきら》めれば、そんなものはなくても一向に差支えはない。

まずエスカルゴを皿の上に並べ、身の上に、パセリのミジン切り、おろしたにんにく、バター、を少しずつ乗せ、塩を少し振ってオーヴンに入れ、バターが沸騰《ふっとう》してきた途端にオーヴンから出し、バターがジュクジュクいっている間に食べる。

本当は葡萄酒《ぶどうしゅ》がはいるとかなんとか、こんなに簡単な筈《はず》はない。でも、わたくしはいつもこうやっているし、それでも実においしいということに間違いはなかったのです。

■スパゲッティの正しい調理法

イタリー人が給仕していないイタリヤン・レストラン、中国人が給仕していない中華料理店、で食事する味気なさは、たとえばイギリス人の給仕で、イギリス料理を食べるのに匹敵すると思うのですが、マドリッドに着いて最大の失望は、まさにこれであった。

イギリス人なんていうのは、そりゃすごいものを食ってるから。バリバリしたポテト・チップスの上に目玉焼き、なんて、そんなものを食べております。おりますが、ロンドンには本当のイタリー料理があった。中華料理も、渋谷あたりの小さい店くらいの味を出していました。

何故《なぜ》かというと、これは本国人がやっているからです。

ところが、マドリッドのイタリー料理店で、メニューにスパゲッティ・イタリヤーノなんて出てる。これはいけませんよ。

こういう店のスパゲッティは、概して日本で食べるスパゲッティに似ています。スパゲッティが茹で過ぎてフワフワしてる。色んな具がはいって、トマト・ソースで和《あ》え、フライパンで炒《いた》めて熱いうちに供す、ということなのでしょうか。

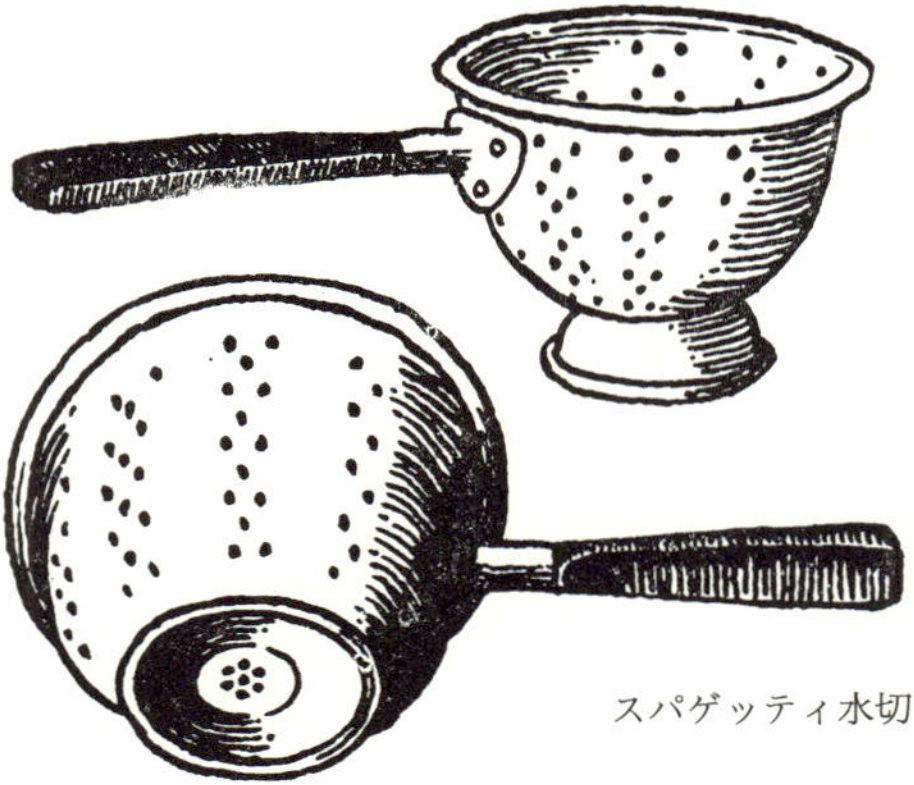
スパゲッティ水切り器

これは断じてスパゲッティではないのです。これをスパゲッティだという人は、銀座あたりにあるアメリカ人目当てのスーヴェニア・ショップに行ってもらわねばならぬ。そして絹のキモノ・ドレスとかいうものを買っていただく。そして、それを着てハイ・ヒールで街を歩いてもらおうじゃないか。わたくしはそう思います。しからば、真のスパゲッティとはどういうものなのか。まず、イタリーのスパゲッティを手に入れる。

次に手持ちの中から最大の鍋《なべ》をえらんでお湯を沸かします。大きな鍋が無ければ、洗面器でもバケツでもよい、水は多いほどよいのです。

沸騰寸前に塩を一つかみいれる。

沸騰したら、スパゲッティを、なるべく長いままでいれる。

茹で加減は、信州そばよりやや堅いくらい。スパゲッティ一本を前歯で噛《か》んで、スカッと歯ざわりのある感じ。これをイタリー人はアル・デンテと呼ぶ。

さて、スパゲッティが、アル・デンテに茹であがりました。

これを、たとえば大きな笊《ざる》にサッとあける。手早く水を切る。まちがっても水洗いなんかしてはいけない。今、からにした鍋にバターを一塊りいれる。まだ鍋は熱いからバターは溶け始める。そこへ水を切ったスパゲッティを入れる。スパゲッティもまだ熱い。グルグルかきまわすと、バターがまんべんなくゆきわたりますね。

これが、蕎麦《そば》でいえば「もり」。スパゲッティ・アル・ブーロと呼ばれるものです。

つまり、スパゲッティというのは、白くて、熱くて、つるつるして、歯ごたえがあって、ピカピカしたものなのです。

これに、パルミジャーノというチーズをおろして、一人大匙《おおさじ》三杯くらいの気持ちでふりかけて食べるのが一番おいしい。ふりかけるチーズの分量が少ないと、本気になって怒るウェイターなんてのがいるもんね。

この、スパゲッティ・アル・ブーロ、ブーロはバターという意味ですが、これにトマト・ソースをかけたのが、スパゲッティ・ポミドーリ、一名スパゲッティ・ナポリターノという、あれです。

まず、同量のバターとオリーヴ油を小鍋にいれて火にかける。にんにくのミジン切り少々、葱のミジン切り適量を加え、焦《こ》げ始める頃、トマトを、これは好みだけど皮ごと、千切っていれる。あるいはパセリのミジン切りを少々、タバスコを一滴、とかね。あと、どろどろになるまでトロ火で煮れば出来上りです。トマト・ピュレ、トマト・ケチャップなんて死んでも使う気がしなくなるのでした。

このトマト・ソースに貝のむき身を入れ、一瞬煮立てて火からおろす。このソースをかければ、これはスパゲッティ・アレ・ヴォンゴレということになります。スパゲッティ・アレ・ヴォンゴレには、出来るだけ細い麵《めん》を使用し、チーズはかけないほうがよろしいと考えます。

■湯煙りの立つや夏原……

リュクセンブルグ放送局という妙な局があって、これが番組の全篇、軽音楽のみ流している。だから、車を運転しながら聴くにはもってこいなのですが、そのリュクセンブルグ放送で、今日『ルイジアナ・ママ』という曲を聴き、わたくしは思わずハタ！　とひざを打ったのです。

この曲を初めて原語で聴いて、永年の疑問が氷解した喜びは、気持ちのよいほど虫が出る「デル」、という広告があったけど、まさにこれであった。

漣健児《さざなみけんじ》作詞の日本語版を、テレビで耳から聴くとこういう具合です。

マ、ツ、リ、ガ、アアッタ
ア、ル、バ、ン、ニイ
ア、ノコサソッテフタリキリ
ダンスニイッタノサ、ソシタ、ラ
アノコハソットウチアケタ
ボク、ガスキダッテエ
ビックリギョーテンウチョーテン
コロリ、ト、イカレタヨ
マールイジアナママ
ロニオリ

とくるね。この最後のロニオリに関しては、かつて大議論があったのです。オリオリ、というやつがいた。ロリオリ、フォリオリ、というやつがいた。いや、あれはノリオリだ、といってきかないのがいる。もっと凝ったやつは、あれはロニオリの前にかすかにフがついてる。だからフロニオリだなんていいやがった。

その謎《なぞ》を、今わたくしが解いたんだから、これはやっぱりハタ！　とひざを打ちますよ。

ロニオリ、は、どう間違いようもなく、フロム・ニュー・オルリーンズでございました。

その他『可愛《かわい》いベイビー』というのも謎の一つだったなあ。

どうも、例えば「スチャラカ・ベイビー」という工合に聞える一節があるけど、何だろう、というのです。

この時も議論百出であった。

おれには「イチイチ・ベイビー」と聞える、とか、いや、あれはむしろ「ヒチリチ・ベイビー」っていう感じだぞ、なんて、ついにレコードを買ってきて、「プリティ・リトル・ベイビー」だとつきとめたのですが、そう思って聞いても、みんなまだ浮かぬ顔をしていたことでした。

きりがないので後一つにとどめますが、知りあいのチビが、プレスリーのハウンド・ドッグの最初の一行だけを憶《おぼ》えてきて、これを飽かず繰り返したことがあったのですが、これがまた神秘だった。
ユエンナツバラハウンドドック
というのです。
ユエン、ナツバラ、なんて、まるで日本語じゃないか。
湯煙りの　立つや夏原　狩の犬
なんてね。
これは、ユー　エイント　ナシング　バット　ア　ハウンド・ドッグ　ということなのでした。

ハムX、なんていうメニューを見たことがある。海岸で、ピーチ・サイド・ホテル、という大看板を見たことがある。もっとも、これは桃端さんという人がやってるのかも知れないが、どうも、われわれ日本人は英語の子音にひどく鈍感なんだな。ちょっと子音が立てこんでくると舌がまわらなくなる。それともテレビで歌ってる人達は、アメリカ英語の影響で、例えば、プリティ・リトル・ベイビーは、そのまま発音しては素人《しろうと》くさい、プリイリル・ベイビーという工合にやるのがプロフェッショナルだと考え違いしているのだろうか。

聞けば『英語に強くなる本』には、ゴーイングを、ゴーインという工合に、最後をのみこんでしまってもいいというふうに書かれてあるとか。これは教えるものの態度として正しくないと思う。

日本人は、英語の子音の発音に関しては、どんなに神経質になっても足りるということはないのです。所詮《しょせん》、湯煙夏原なんだ。ロニオリ、なんだ、おれたちは。自分はそうでないという人があれば、イギリス人をつかまえて、例えば、セロリ、とか、サラリーとかいう発音をやってみなさい。イタリー式の巻き舌のアールを使っちゃだめよ。そうでなくやってみて、イギリス人が納得したら、あなたは実力あり。駄目だったら、君はわれわれと同じロニオリの一味なんだから勉強しなおさなくちゃ。テレビで歌って金をとるなんてフトイよ。子供の耳に対する悪影響ってのもあるんだから。

■ソックスを誰もはかない

パリに存在しないものの筆頭に、わたくしは女のソックスを挙げたいと思う。

ローマにも存在しない。そもそも全然売ってないんじゃないかな。売ってても誰も買わない。誰も買わないからどこにも売ってない、こういうことでしょう。

では、なぜ誰もソックスをはかないかということになると、それはこういうことだと思うのです。

そもそも女の足もとというのは、単純で、すっきりと、軽ろやかなのが一番美しい。足もとが、細っそりと軽快であるほど、他の部分の曲線や量感が、女らしく、優しくなるではありませんか。ういういしく感じられるではありませんか。見ればわかるのです。

こんなことをタダで教えるのは惜しいようなもんだけど、男のお洒落《しやれ》のポイントはズボン、女はスカートと足もとです。このシルエットさえすっきりさせれば、後は大して問題じゃないくらいのものです。逆にいえば、他がどんなによくても、このポイントを外せば絶対にダメなのです。それほどまでに左様なのです。

しかるに、東京の女学生なんて、白い木綿のソックスをグルグルまるめて折り返したりなんかしてはいてる。どうしてそんなに苦労してまで、足もとを不潔に厚ぼったく見せたいのかね。

男にしたってそうだ。白い木綿のソックスなんて、足もとがあつっくるしいというか、むさくるしいというか、どうにも西洋乞食《こじき》という感じだぞ。

ファンキー、即《すなわ》ちドロ臭い、ということを誰かが馬鹿《ばか》正直にやってのけたのではないのかな。

■そしてパリ

冬近くなってパリに舞い戻ってきたら、街中の人間が革を着て歩いている感じです。が、それも昼のうち。六時あたりを境い目に、街から革が完全に姿を消すから見事なものです。革というのは下品なものなのだ、そもそも。夜着るものではない。生活に折り目をつけよう。自分たちの夜を格調づけよう、という精神、これは一寸《ちょっと》すがすがしいと思うのです。

ミエコ・タカシマといえば先日サン・ローランに引き抜かれた、日本のファッションモデルのトップクラス。ヴォーグのパリ・コレクションの第一頁《ページ》を飾って（大変な名誉なんだよ、これは）忽《たちま》ち世界の一流にのし上ったのだが、そのミエコによれば、サン・ローランは、一着の服を作るのに、多い時には二十六回仮縫したそうだ。そうかねえ、二十六回ねえ。どこをどう直すのか知らんが偉いもんだよ、これは。二十六回という回数が偉いんじゃないよ。二十何回も修正して、まだ欠点を見つけ出せる目の厳しさ、イメージの確かさ。これは、やっぱり世界の超一流だよ。

■場違い

個性的なお洒落、という言葉があります。これは、わたくしは間違ってると思うのです。少なくとも、男に関する限り絶対に間違っている。

たとえば、夜六時以後、赤いスポーツ・シャツかなんか着て、レストランへはいったとしたら、これは個性的かもしれない。

けれどこれはお洒落とはいえないでしょう。第一、ちょっとシコッタお店じゃいれてくれませんよ。

Would you be good enough as to be dressed up, sir?

とくる。映画館でも、ノー・タイじゃはいれないところがあるからなあ。もっとも、そういうとこは、たいがいオフィスに貸しネクタイがあるけど。

つまり、男のお洒落というのは、本筋、でなくてはならぬ。スタンダードでなくてはならぬ。場違いであってはならぬ、のです。

やっぱり手袋はペッカリがいいでしょう。コートは、やっぱりカシミヤがいいでしょう。眼鏡はツァイス、ライターはダンヒルの純銀、ネクタイは、たとえばジャック・ファトといきたいのです。いや、いつかやるよ、わたくしは。

要するに、お洒落、なんて力んでみても、所詮、人の作ったものを組み合わせて身に着けてるにすぎない。

ならば、いっそまやかしの組み合せはよしたがいい、正調を心懸けようではありませんか。

正調の逆は何か。正調の逆は場違いです。場違いとは何か。たとえば銀座の並木通りを、オープンにしたM・G・Aでふっとばしてゆく、まさしく「ジャリ」という言葉のピッタリあてはまる人たち。

マフラーを切りつめてるんだか、穴をあけてるんだか、それとも一切取り外してるんだか、それとも、ローかセカンドで走ると自然ああいった音になるのか、全篇オートバイ風のパリパリした音を残して風のように去ってゆく。

「カッコイイヨオ」と当人たちは思ってるに違いない。

これを場違いというのです。

敢《あ》えて異をとなえるものではないが、いかにも田舎臭いし、ミミッチイから、ネ、君たち、やめたほうがいいんじゃないかなと、こう軽くいいたいのです。

折角のスポーツ・カーが泣くよ。


ル・マンのオート・レースというのがあります。

スポーツ・カーで二十四時間走り続けるレースだったと思う。ロータス、アストン・マーティン、ファセル・ヴェガ、ベンツ、ジャギュア、ポルシェ、フェラリ、ランチア、アルファ・ロメオ、といった、いわばスポーツ・カーの大手筋が、自社の全力をあげて建造した車を送りこんでくる。もちろん乗り手は超一流のレーサーたち。

そこへ、たとえばイタリーの修理工が二人、くたびれたフィアットかなんかでやってくる。そして、このフィアットが、うしろに無蓋《むがい》貨車みたいなのを引っぱっております。

この無蓋貨車の上に、ムッツリと載っているのは、カスタム・メイドのフェラリではないか？　そうです、彼らが過去一年、食うものも食わずに部品を寄せ集めて作った、フェラリのスポーツ・カーなのです。

彼らは勝つか？　絶対に勝たないのである。所詮、大資本の敵ではないのだ。しかもです、この車はこのレース一回きりで廃車同様になってしまうのです。

そりゃあ、そうでしょう。平均時速二百キロ近くで二十四時間ぶっ続けに走ってごらんよ。タイヤが丸坊主《ぼうず》になっちゃって取り換えること数回。エンジン、足まわり、どんどん摩耗して、ともかく百台出たとして、帰ってくるのは十台くらいなんだから。つまり彼らは、この一年一回のレースにすべてを賭《か》け、すべてを注ぎ込んでいるわけだ。

しかも勝算なし。

でも、この人たちは場違いじゃない。

「本筋」をいってます。

いっそイキというものではないだろうか。

スターリング・モスという名レーサーは、不断は自転車に乗ってるそうです。街を走ってる自動車は、あれは自動車でなくて単なる足だ。どうせ足なら自転車のほうが健康にいい、というのです。

見識、ではありませんか。

■原則の人

世の中には、生活のあらゆる細目に亘《わた》って独自の見識を確立し厳密なプリンシプルを設け、それに従って行動しなければ気がすまない、という人がいるものである。

たとえば、ジョッキでビールを飲むときはジョッキをどういう工合に持つか。おそらく、把手《とって》が右側になるようにジョッキを置き、それを右手で摑《つか》んで飲むでしょう。ところが、これが正しくないというのだ。把手は左側にこなくてはならない。その把手を右手で持って飲むと、ジョッキは手の甲の、指の付け根のあたりに乗っかる感じになるではないか。これが純正ドイツ調の正しいジョッキの握り方であって、これ以外にジョッキの安定した持ち方は不可能である、といった工合なのだ。

また、新聞は死亡広告から読むのが正しい読み方だ、などという。蜜柑《みかん》は、枝についていたほうから、つまり緑色のポッチのあるほうからむくのが正確なやり方であるという。名刺の字体は、無論、明朝縦組に限る。仏文学者、辰野隆先生の名前はユタカが正しい、プロデューサー、藤本真澄氏の名前はサネズミが正しい、だから他人がタカシ、とかシンチョウとか読んだ場合は必ず訂正するようにしよう。アルファベットのNやMは左右の縦棒を先に書くのが正しい筆順だよ。

それから、タバコを吸うときトントンとたたいてから火をつける人がいるが、そのとき中身が詰って一方の端が少し抜け殻になるね。その抜け殻の方へ火をつける奴《やつ》がいるから驚くじゃないか。何だってタバコをわざわざ紙臭くするんだろう。こんな不合理なタバコの吸い方があるもんかね。

あるいは足袋のこはぜの数はいくつでなければならないか。餃子《ギョーザ》の皮を作る際の、強力粉と薄力粉の正しい割合はどうか。顕微鏡の正しい覗《のぞ》き方。奥さんが子供を産んだので、課長は休んでおります、ということを外部の人に謙遜《けんそん》語で告げる場合どういう表現が正しいか。課長の家内が子供を産みまして、なんて大声でいう奴がいたら、そういう人間の顔が見たいよ。

全くことばが乱れてきたねえ、撒水《さっすい》をサンスイ、洗滌《せんでき》をセンジョウ、直截《ちょくせつ》をチョクサイ、情緒《じょうしょ》をジョウチョっていうのがあたり前になってしまった。次の文字の誤りを正せというので、快心の笑み、寺小屋、頭骸骨、首実験、なんていう問題の出た昔はよかったねえ、等々、このタイプの人間の蘊蓄《うんちく》は、実に森羅万象を網羅してあますところがないのである。

多分トイレットの中でも「ここは一つ脱糞という気合でゆきたい。ダップンということばの爽《さわ》やかな語感を大切にすべきだ」といった思考に耽《ふけ》っているのではなかろうか。

というのはいいことである。

■机の上のハガキ

ともあれ、正確を期する、ということはいいことである。定見を持つ、筋を通す、ということは、これは筋が通らない。ということはいいことである。

日本で「バカンス・ルック」というものが流行《はや》ったことがある。街にあふれたのである。これは筋が通らない。というより無定見まる出しである。ヴァカンス・ルックという以上、これはリゾートで着るためのものであろう。それなら諸君に、これを避暑地や海岸で着てもらいたい。あるいは家庭で寛《くつろ》いだり、ドライヴをしたり、運動したり、散歩をするときに着てもらいたい。ヴァカンスという名につられて買った以上、それはそういうふうに着てもらいたい。ヴァカンス・ルックで、夜の劇場やレストランやナイト・クラブに出没するという神経がわたくしには理解できないのである。つまりマンモス東京という、無定見の塊りみたいな、穢《けが》らわしい町の姿が、こういう筋の通らなさを育てているのであろうか。

わたくしは何も、すべての男性が背広を着てネクタイをしめないことに憤激しているのではない。つまり筋を通してもらいたいと思うのである。

日本の夏は高温多湿である。だからワイシャツの長い袖《そで》は、わずらわしく、また不合理である、というのでホンコン・シャツが生まれる。それはそれで結構である。ところが、そのホンコン・シャツにネクタイをしめる。これは不愉快ではないか。

一方に、なにがなんでもネクタイをしめねばならぬ、という悪習があり、他の一方に、ヴァカンス・ルック一点張りでどんな席へもしゃしゃり出るという無神経が共存していて、ほどの良さというものがない。先進国を見習うにも定見を持ってやってもらいたいと思うのである。

たとえば、ネクタイとスーツに身を固める以上、人前でズボンをたくし上げたり、ワイシャツをズボンに押し込んだり、チャックを直したり、そういう真似《まね》はよしてもらいたいのである。ひどいのになるとトイレットから出てくる際にチャックを上げたり、ズボンをずり上げながら出てくるではないか。卑猥《ひわい》というものである。最低のエチケットが守られていない。

エレヴェーターの前に数人の男女が待っているとする。ドアが開いたとき真先に降りてくるのは男である。また真先に乗り込むのも男である。背広とネクタイに身を固めた男である。恥ずかしいではないか。筋が通らないではないか。俺はそういうことはしないといえる人が何人あるか。

見知らぬ人が同席したら必ず紹介しようではないか。食卓で楊枝《ようじ》を使うのはよそうではないか。人の私物に軽々しく手を触れるのはよそうではないか。といっても納得がいかないかもしれないが、たとえば親友の部屋を訪れたとき、テーブルの上のハガキをちょっと手にとって見たり、引っくりかえしたり決してしない、と君はいえるか。プライヴァシイ軽視の中で人となったわれわれにとって、これは無意識の動作である。

しかし、これは、外国人にとっては許し難い行為であるということは記憶しておいていいと思う。外国では（どうも、このいい方には抵抗を感じるが）たとえば、机の上にハガキが投げ出してあったとしたら、それは誰に見られても差し支えないということを意味しない。人の私物に無断で手を触れるような人間がいるわけはない、という信頼を意味する、といってよろしかろう。

服装だけは先様と同じでいながら、この信頼を裏切るというのは筋が通らないのである。

総じて、思いやりの心、謙遜の心、といったものが消え去りつつあるように思われる。

■天鵞絨《ビロード》のハンドル・カヴァ

わたくしの知っているお金持ちがスポーツ・カーを買った。そうして買った日に、天鵞絨のハンドル・カヴァをつけ、フロント・グラスには造花や人形を飾り、リヤ・ウインドウのところには、寝そべっている虎《とら》の人形を置いた。こういうことを愛車精神だと思っているのかもしれない。

そうして、都内を四十キロで走るときにもトップ・ギアを使い、上り坂で車がノックし始めると、初めてサードに落すのである。しかもやたらとブレーキを踏む。スポーツ・カーを運転するものなら誰でも知っていることだが、スポーツ・カーを運転するときにはできるだけブレーキを踏まない、ということが原則である。スピードを落すときは、ギヤを低い方へ一段か二段シフト・ダウンして減速する。これは、なにがなんでも、そうでなければならないのだ。基本というものである。

そういうスポーツ・カーに乗って、ブレーキ・ライトをちかちかさせながら走っている。自分の無知を天下に告白しているようなものではないか。

しかも天鵞絨のハンドル・カヴァとは一体何事であるか。これは最早《もはや》思いやりの無さなどというものではない。車に対する、そうして車を作った人々に対する暴力である。

わたくしはこういう人を認めない。

■正装の快感

手前の方に、観客がくろぐろと林立している。観客の向うには、強い照明を浴びて、二つの肉体が激しく打ちあっている。

ライフに掲載された、プロボクシング、ヨーロッパ・ウェルター級タイトル・マッチのスナップ写真を見て、わたしは思わず「ハタ！」と膝《ひざ》を打った。

観客が、当日の定めによって一人残らずタクシードを着用していたのである。

このように、個人に格式を強制してくる社会というのは、嬉《うれ》しい存在ではないか。日本とは逆である。日本では、個人が社会に格式を要求せざるを得ない。当然のことながら何の効果も無かったね。

正装する、ということは愉《たの》しいことである。社会の掟《おきて》に、進んで身をまかせ、自らを縛する、というところに、一種の快い、引緊《ひきしま》った安堵《あんど》がある。タクシードを着て凜々《りり》しい快感を覚えぬ男があるだろうか。

汽車の中のステテコ姿を擁護する人がいるが、彼など、正装した時の精神的な爽やかさを知らぬものとしか考えられないのである。

わたくしとても、最初から正装を好んだわけではない。仕方なく着せられて味をしめたに過ぎない。正装というものは、そういうものである。着れば必ず味をしめるのである。やはり本来的なもの、正統なものには、誰しも共感するのである。

社会が個人に正装を強制する意味は、まさにここに存在する。つまり、みんなが味をしめるようになればよいのだ。

たとえば、夜、レストランや、劇場や、クラブで正装せねばならぬ、とすると、こ

れはどういう意味があるか。

多分、服装に関する考え方が、正装というものを軸にして、一つの纏《まとま》りを見せ始めるだろう。正装が服装の中心になるということは、当り前のようでいながら、日本においては画期的なことなのである。

タクシードを持っている人間だけで組織した、タクシード会、などという、いや味なものが存在したことでも判《わか》るように、タクシードは、概して貸衣裳《いしよう》で間に合わせる人が多かった。ダーク・スーツにしても、「新しく背広を作る人たちへ」といった記事で、どんな場合にも着られる無難なもの、と

いう風な消極的な扱いを受けるにとどまっていたのである。

■銀座風俗小史

かつて、ブルー・ジーンズに、茶色いスウェイドのジャンパーが流行した。銀座で、ちょっと気のきいた若い男の子は、こぞってこれを着たのである。

次の年、若ものは少し成長してブレーザー・コートや赤いシャツを愛用した。木の吸い口の付いたハヴァ・タンパという葉巻をふかす赤シャツの男、なぞ通であるらしく見えたのである。

かつてのダスター・コートが昂《こう》じて、時代はトレンチ・コートの全盛となり、若ものも早速一着作ることになる。靴下は白の木綿でなければならぬ、とされていた。ズボンの細さは、次の夏、極限に達し、靴の先は次第に尖《とが》り始め、かたわら、さまざまな裏革のブーツが目を惹《ひ》き始める。

やがてまた冬がくると、若ものたちは申し合せたようにダッフル・コートに身を固める。なぜならトレンチ・コートより、もっとモノモノしいものといえば、ダッフル・コート以外にないからである。

白い靴下が次第に黒やグレイに変り、サングラスは茶色に決定する。来日したチャキリスは、トンボ型の緑のサングラスを掛けていて若い通人の顰蹙《ひんしゅく》をかった。自動車の運転が急激に普及し、ズボンが少しずつラッパ型になる。

皮のコートが流行のきざしを見せ始め、アイヴィ・ルックが擡頭《たいとう》する。横縞《よこじま》のシャツ、白いズボン、素足にブーツといったスタイルが編み出され、ズボンは、ますますラッパ型になり、かつ裾《すそ》が短くなってきた。

時代は進歩しているのであろうか、それとも単に移り変っているのであろうか。若ものたちの趣味が、このような低い次元で、根無し草のように漂っていることは困ったことだと思うのです。「これ見よがし」のスタイルが現れると何の選択の基準もなく、次から次へと手を出す。刺激の強いものでないと、着ている気にならない、という、一種の病気のようなものにみんなが取りつかれている。

困ったことではありませんか。

そこで、わたくしは「正装」をすすめたい。「新しく背広を作る人」も、三着目、乃至《ないし》四着目にはタクシードを作ることをすすめたい。タクシードなんて一生に何度しか着ないものを、といってはいけない。これを悪びれず、どんどん着るのである。夜、遊ぶ時やちょっと改った席などで、どんどん着てしまう。これを、わたくしは病める若ものたちに、すすめたいと思うのです。正統なものを中心に据える。当然のことではありませんか。

赤いシャツや、ラッパズボンに服装の中心を占領させておいてはいけないのだよ。「お洒落《しゃれ》」という、いささかインチキ臭い言葉よりも、身嗜《みだしな》みということを大切にしようではないか。「これ見よがし」なんていうことを、諸君がいくらやってみても大したことはないんだ。上には上があるのです。

ケスウィックという人物がいる。イングランド銀行の重役であり大金持ちである。彼が自宅で催すチャイニーズ・ディナー・パーティは、知名人が集まること、その日に香港《ホンコン》で作った料理を、チャーターした飛行機で運んできて客に供するということで有名である。

その彼が、最近気球に凝っているという噂《うわさ》を聞く。オランダに自家用気球が置いてあるのだという。俗事があまりにも煩《わずら》わしくなってくると、彼は、独り気球に乗って地表を離れ、大気の中を心ゆくまで逍遥《しょうよう》して瞑想《めいそう》に耽《ふけ》るのだという。

だから、といって、何かの教訓を引き出そうというつもりはないが、われわれも、己れの存在を主張したくなったら、赤シャツの如《ごと》き手段に頼らず、せめてキチンとし、まともな服装で、何事か独自の新手を編み出そうではないか。

■左ハンドル

今年の一月五日、友人が交通事故で死んでしまった。真夜中の横浜バイパスで、前の車を追い越そうとして中央へ躍り出た出合い頭の正面衝突であった。

横浜バイパスのような、だだっ広い道路で正面衝突というのは、いかにもわけのわからぬ話であるが、これは、おそらく、彼の車が左ハンドルであったことに原因があるのだ。

いうまでもなく、左ハンドルの車では、追い越しが大変むずかしい。何しろ、右前方の見とおしが、全くゼロなのである。右ハンドルの場合なら、ものの二十センチか三十センチも右に寄って見れば前方が見とおせる。ところが、左ハンドルの場合には、ほとんど、車の幅一つくらいも右へ出っ張らねば、前が見とおせないのである。

そんなわけで、左ハンドルの車を運転する人々は、追い越しに関しては、概して慎重であるのを常とする、というより、慎重にならざるを得ないのだ。

ところが、である。そこがやはり人間なのです。誰しも、一瞬理性が曇る、ということがあるのだなあ。恐らくは、わたくしの友人も、ただ闇雲《やみくも》に追い越そうとしたのではあるまい。多分、前のほうを偵察してやろうと思って右側へふくらんだ。その途端の出来事であったのであろうが如何《いかん》せん、情況判断の過《あやま》ちであった。

最近、ロンドンの近郊にも、オート・ルートが増えつつあるが、その入口には「左ハンドルの車、通行禁止」と大書してある。これが即《すなわ》ち、立法の精神というものではなかろうか。こういうことを、具体的というのではなかろうか。つまり現実を見つめる精神というものである。

わかりきったことであるが、交通事故なぞ、減らそうと思えば何でもないことなのだ。そんなことは誰でも知っている。

つまり、事故を起すものの数十パーセントは二十三歳以下である。とするならば、たとえば二十五歳以下のものには免許証を交付しなければよいのだ。少なくとも、仮免許証しか与えないとか、試験を思いきって厳重にすればよいのだ。

それだけのことで、将来、何十万だか何百万だかの人間が死ななくて済むことになるのですが、そういうことは誰も承知していながら、やはり何の手も打たれはしない。やはりそれだけの人に死んでもらわねばならない、ということになる。わたくしも、そしてあなたも、その中にはいっているのかも知れませんな。

■ボックス・ジャンクション

ここに、二つの、非常に混み合った道路が交わっているものとしよう。

信号が青になっても、そもそもずっと前の方から混んでいるので、交叉点《こうさてん》の中を、車の列がそろそろとしか進まない。やがて、信号が赤になっても、車の列が交叉点の中に、まだ長々と残っている。

そこへ今度は、青信号になるのを待ち兼ねていた奴《やつ》らが、左右からどっと出てくる。また信号が変る。今横から出てきた奴らが、まだ交叉点の中に残っているうちに、また縦の奴らが繰り込んでくる。

DO NOT ENTER
THE BOX UNLESS
YOUR EXIT IS
CLEAR.

こういうことを数回繰り返すと、交叉点の中は、車がモザイクのように入り組んでしまって全く動きが取れなくなってしまう。最近、ロンドンで、こういう事態に対する、奇妙な処置が目につき始めた。

即ち、混雑する交叉点を、一面黄色のダンダラに塗って、これを、ボックス・ジャンクションと名づける。この、ボックスにさしかかった車は、ボックスを渡り切った向う側に、自分が完全に入れない限り、即ち、ボックスを渡り切った車の列の後尾が、ボックスぎりぎりまでつかえている場合には、たとえ信号が青であっても、ボックスに入ってはならない、というのである。

この、ボックス・ジャンクションには、大きく、「ボックス・ジャンクション、実験中」

という標識が立っている。つまり早い話が、運転者の良識がテストされているのである。

交叉点を、一面黄色のまだらに塗ったり、真赤に白の、大きな標識を立てたり、随分見苦しい話ではあるが、なあに、そもそもロンドンは薄汚い街である。別段、不平の声も聞こえぬ、のであった。

それにしても、こう、縦横の道路に、車がぎっしりつまって、その交わるところ、黄色のボックス・ジャンクションだけが、がらんと空地になって、一羽の鳩《はと》が、ゆっくり、あたりを見廻している、などというのは、いかにもロンドンらしい交通麻痺《まひ》ではありますまいか。

■ハイヒールを履いた男たち

ある、英国紳士が、用をたしにトイレットへはいった。すると、驚くべし、そこに一人の少女が、立ったまま悠々と用をたしているではないか、といった式の話を最近よく耳にする。

つまり、これが少女でも何でもない、ビートルズ・ルックと称するもの。何でも、やたらと髪を長くして、短いチョッキ、それに思いきって細いズボンにキューバン・ヒール、或《ある》いはキンキイ・ブーツと称する、つまり男のハイヒールだ。こういう奇態な風俗が、「かの伝染病の如く蔓延《まんえん》」したのである。

とはいえ、この流行の対象は（得てして、この種の流行の対象がそうであるように）ミドル・クラス及びウワーキング・クラス、即ち、中流、及び下層階級の子弟である。つまり、地下鉄なんぞに乗ると、やたらにこういう手合いにお目にかかるのだ。

ところで、断っておくが、労働階級が下等だなどといっているのではない。イギリ

スでは階級が上中下に画然と別れていて、一番下を労働階級というだけの話だ。話す言葉も、立ち居振舞も、顔かたちも違う。

余談ではあるが、中流階級というのは、少々、資産などもあり、立派な店の店員などやっているものが多い。が、これは世間体のための勤めであって、たとえば、ボンド・ストリートや、ピカデリーの、一流の店の店員の給金が、ゴミを集めにくる、労働階級の人たちに及ばない、というようなことはいくらもあるのである。

ところで、これまた余談であるが、わたくしは、過去に、随分貧乏してきたから、貧乏というものは嫌いである。貧乏そのものは何とも思わないが、貧困に由来するもの、つまり、「貧ゆえの」という感じがやり切れない。

地下鉄なぞという愚劣なものには、一生乗りたくない。国電もいやだ。タクシーさえも大嫌いである。折り畳式の蝙蝠傘《こうもりがさ》、和式便所の蓋《ふた》、電話の呼び出し、熱海へ一泊旅行に出かけた隣りの小母《おば》さんから、小田原かまぼこの御土産を貰《もら》うこと、プラスチックの麻雀牌《マージャンパイ》、こういうもの一切が、わたくしは大嫌いだ。そこで、ビートルズ・ルックであるが、やはり、下層階級の流行である。その、キューバン・ヒールのブーツも、ビニールの奴なんかを売ってる店がある。これは、ビニールのスキー靴と同じに悲しいものだよ。

馬鹿《ばか》な話で、日本にも、はや「トーキョー・ビートルズ」というものができて、今度はビートルズ・ルック擡頭のきざしがあるという。いつの世にも、跳ね上り者というのは、後を絶たぬものである。

貧乏はしていても、貧乏臭い真似《まね》はいやだね。毅然《きぜん》たる構えがほしいね。ビートルズの後塵《こうじん》を拝して、物質的にも精神的にも、自分を下層階級と証明する必要はどこにもないと思うのだが。

ところで、申すまでもないことだが、わたくしはビートルズそのものについて話しているのではない。ビートルズ自身についていうなら、わたくしは、どちらかといえば彼らのファンである。

■ダンヒルに刻んだ頭文字

ある時、バーバラという女の子と、マドリッドからトレドへドライヴしたことがある。彼女は、ダンヒルの金のガス・ライターを持っていて、わたくしが煙草《たばこ》を啣《くわ》えるたびに火をつけてくれたのであるが、これが非常によくなかった。

なぜよくないか、というに彼女は金のダンヒルを革のケースに入れて持っていたのである。しかも蓋のところに自分の名前を彫り込んでいるではないか。「ショボクレルナ！」といいたいのである。

妙ないい方であるが、わたくしは、ダンヒルのガス・ライターというものを尊敬している。機能と形という点において、古今稀《まれ》に見る成功作だと思っている。簡素でありながら威厳があり、しかも豪華である。まさに「ライターの王」である。蓋を開けた時に露出する点火部のメカニズムや、蓋と本体とを連結するピストンなぞの結構というものは、いかにも「人間の智恵《ちえ》」というものをそのまま視覚化したような工合に、実にカラクリめいて嬉《うれ》しいのである。いわば心が通うのである。

この、寸分の無駄もない作品に、麗々しくイニシャルを彫り込むという神経、これは絶対に許すことができないではありませんか。しかも、チャチな赤革のケースとは何事ぞ。物を大切にするというのは、そういうことではないのです。

そこで、こういう精神を、何とか一刀両断に葬《ほうむ》り去るような悪罵《あくば》、というものは無いものだろうか、というと、これがアル、アル。

こういう場合には、吐き捨てるようにいうのです。

「このミドル・クラスめ！」

ミドル・クラスとは、即ち中流家庭である。小金がありながら、趣味低俗である。本当の贅沢《ぜいたく》を知らないという点では、われわれ、その日暮しの貧乏人に劣るのである。犠牲を払わずに贅沢をしようとするから、贅沢の処理が何とも中流でミミッチクなってしまう。ダンヒルにイニシャルを入れてしまうのである。

■ミドル・クラスの憂鬱《ゆううつ》

最近、東京近郊のベッド・タウンの銭湯へ行くと、自家用車が列をなして駐車しているという。銭湯へ車で乗りつけとは、何とも豪気なことではありませんか。と、つい思うでしょう。けれど、こりゃ考えてみれば妙なことだよ。車を持ってるのに家に風呂《ふろ》もないなんて、何だか本末顚倒《てんとう》ではなかろうか。妙にうそ寒い感じがしてならぬのである。

こういう時に呟《つぶや》いてほしい。

「こりゃ、なんともミドル・クラスだねえ」

と。

こういう車に限って、新車の間はシートやドアの内側に、例のポリエチレンだかヴ

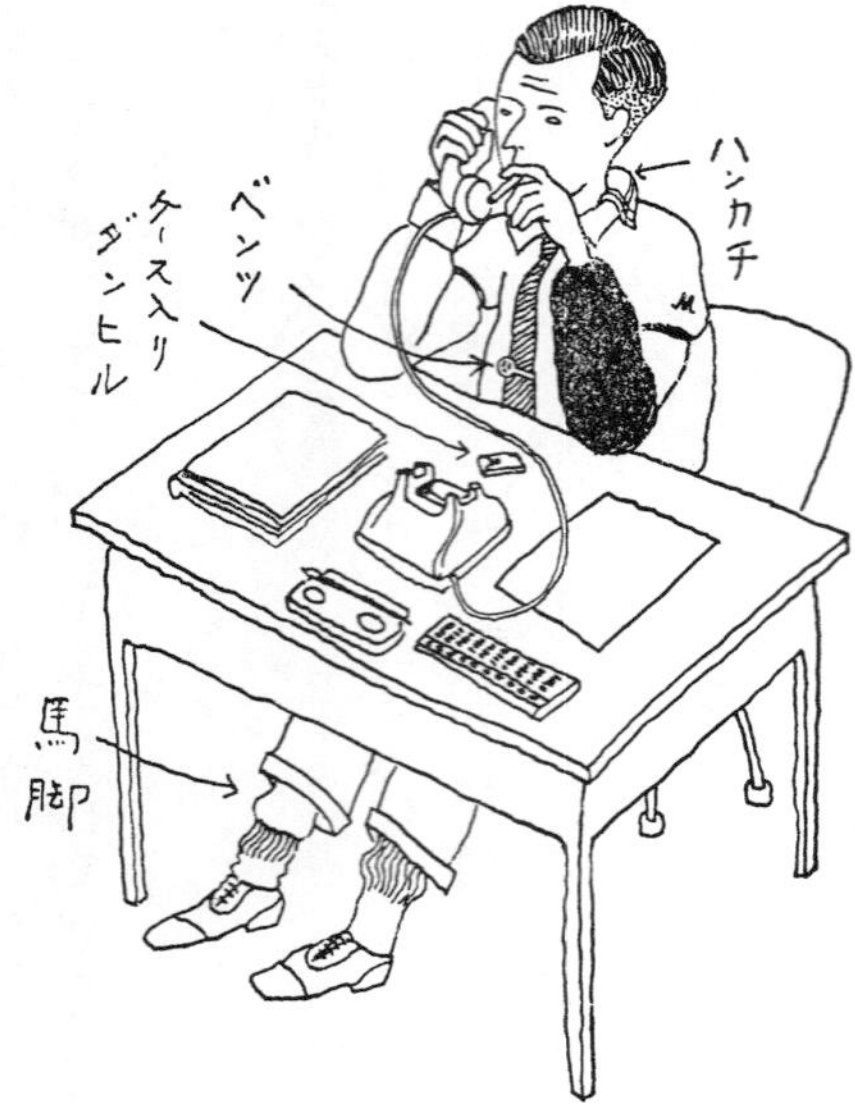

イニールだか、透明なフワフワしたものをつけたまま走っているのである。

物持ちがいいというのであろうか。

靴を磨くための、天鵞絨《ビロード》のきれなんかポケットにしのばせている。折り畳みブラシなんか持っている。そうして会社の退《ひ》け時なぞ、チャッチャッと馴《な》れ切った手つきで、器用に靴を磨くのである。

犬というとスピッツを飼う。弗《ドル》入れ、というのか。鞣《なめ》し革を二つ折りにして、真中にクリップをつけたやつ、あれを持っている。クリップに千円札が二、三枚というのは淋《さび》しいではないか。二千円や三千円、裸でポケットに入れればよいものを、きちんと皺《しわ》をのばして弗入れに入れるからうら悲しくなってしまう。

車を持っていない筈《はず》だのに、あるいは、ダットサンに乗ってる筈だったのに、どういうわけか、ベンツのマークのネクタイ留めをしている。（これはミドル・クラスだねえ）ただし、ベンツに乗ってる奴が、ベンツのマークのネクタイ留めをしてたら、もっとミドル・クラスだろうが。

スキーには、一度だけ行ったことがあるという。

「あそこのCコースってのがあるでしょう。あそこでね、行った日に初めてスキー履いてね、いきなりチョッカッちゃったんだけどね、何しろ停れないの、曲れないでしょ、ウワーどいた、どいたってどなりながら、もろにブッシュに突込んじゃった。したらね、お前みたいな心臓見たことないだって。でもね、素質あるっていわれましたよ、ボク」

ヤレヤレ、初めてスキーを履いた人には誰でも「素質がある」といってあげるものなんだ。

麻雀で大きな手をやっている時、人が安く上ると、自分の手を倒して説明しないと気が済まない。

「ホラ、ちょっと、見てよ、イーシャンテンで、チンイツトイトイ、三アンコにドラ三でコツコツ、親の倍満逃しちゃった。いや、親のダブル倍満かな、チンイツでしょ、トイトイでしょ、三アンコにドラ三のコツコツと、こりゃやっぱりダブル倍満だ、うわぁ、親のダブル倍満逃しちゃった、三万六千点、千八百円」

一体、男の誇りはどこにあるのか。男ならやせ我慢で押し通すべきではないか。忍の一字、これがダンディズムというものではないか。「ウワァ、千八百円」とは一体どういう了簡《りょうけん》かね。とてもポーカー・フェイスどころではないのである。

ポーカーといえば、全く役無しで、ブラフして勝った時、「ホラ、何にもナシ」などとさり気なく（というつもりなんでしょうね）自分の手を見せる奴《やつ》がいる。ことに女の子にいるのである。

こういう女の子を二人ばかりつれて、わたくしが四川《しせん》飯店へ行ったとお考えください。四川飯店、ときめた瞬間、わたくしの頭の中では、おおよそのコースが決っていたのである。まず、皮蛋《ピータン》と水母《クラゲ》と白切鶏の前菜、おこげ料理を海老《えび》のソースで、それに、牛肉とピーマン、或《ある》いは鶏と胡桃《くるみ》、最後に鶏の辛いおそば、といった塩梅《あんばい》である。

ところが何としたことか。敵は女性週刊誌の「デート講座」かなにか読んでいたに違いないのだ。「わたしなんでもいいわ、——こういう曖昧《あいまい》な態度は主体性がないという印象を与えるからソン。レストランでは自分の好きなものをハキハキ注文する(写真F)」

というわけで、テーブルについた途端、女の子たちは、ハキハキと「わたし、蟹玉《かにたま》と春巻きと酢豚がいいわ」といったものである。

わたくしは、消え入るようにカニタマやスブタを注文し、そうそうに店を出た。

■女性の眼で見た世界の構造

わたくしは、女のお客が好きです。殊《こと》に、その人たちと、軽い、科学的な対話をする愉《たの》しさ、というものは実に無類である。

つい先だっても、わたくしのところへ、二人の女客がありました。構わないでいると、二人で夢中になって話し込んでいる。そのうち話が、昨日の地震から、地震計へ移ってきましたから、わたくしは思わず口をはさみました。

「君達、地震計を知っているのかい?」

「知っているわよねえ。ほらレコードの針みたいなのが動くのよ」

「レコードの針?　それが動くとどうなるのかね?」

「書けるのよ、地震の動きが。紙の上に」

「すると、そのレコードの針みたいなのは、地面が揺れるとおりに動くんだね」

「そうよ」

「ほう。じゃ、紙の方だけは、地面がゆれても関係なく、ジッとしてるわけだね」

「そうよ」

「どうして?」

「え?」

「いや、どうして、紙だけが動かないのかね?」

「アラ、そうね。それは宙から吊《つる》してあるんじゃない?」という答えです。ここが女客の愉しいところです。吊してあるもとがまた揺れる、ということは考えないんだろうか。それとも軽気球かなんか使うつもりだろうか。

人工衛星についての対話もまた忘れ難いものの一つである。

「人工衛星って、どうして動くか知ってる？」

「だってロケットでしょ？」

「それは打ち上げる時だけさ。地球のまわりを飛んでる時は、何の動力も使ってないんだよ」

「アッそうだ。あれはね、軌道ってのがあるのよ。軌道に乗ればあとは勝手に動くんじゃない？」

「じゃあ、軌道っていうのは一体何だね？」

「さあ、何かレールみたいなもんじゃない？」

「違うわよ、あなた。軌道っていうのはさ、空気が、ずうっと地球のまわりを輪になって流れてるようなんじゃない？　気流よ、気流」

この時二人は、わたくしの顔つきに気が付いたらしい。

「アラ！　あたしたち、恥ずかしいこといっちゃったかな。ねえ、意地悪。教えてよ。ねえ。どうして動くの？　人工衛星。若《も》しかしたらアレじゃない？　アレ。振子の原理」

いずれ近いうちに、わたくしは「女性の眼で見た世界の構造」に関する、絵入りの書物を著わそうかと考えている。

■喰わず嫌い

こういう人は案外多いのではないかと思うのですが、わたくしもまたその一人だった。

つまり、実際にパリへ来るまで、パリなんて大嫌いだったのです。

マロニエの並木路《みち》、シャンゼリゼ、エスカルゴ、カフエ、ボン・ジュール・ムッシュウ、それからさ、バスがアンヴァリッドに着いてね――クリシイからメトロで――モンマルトルの丘の上でさ――このパンがまたうまいんだな、例の棒みたいなのをバゲット、三日月形の奴をクロワッサンていうんだけど――リュクサンブールの公園や、セーヌ河の畔《ほとり》では、ベンチの上に、恋人たちが思い思いのポーズで今日も――ブーローニュの森、フォンテンブロー、エディット・ピアフ、エトワール、コンコルド、サン・ジェルマン・デ・プレ、マドモアゼル、ベレエ帽、ギャルソン、ネスパ？

どうにも吐き気がして来るではありませんか。あまりにも甘い。あまりにも男っぽくないのです。
どうにも、パリの話っていうのはやりづらいのであった。
先日、わたくしは、ボワの中にある、グラン・カスケードというレストランのバル

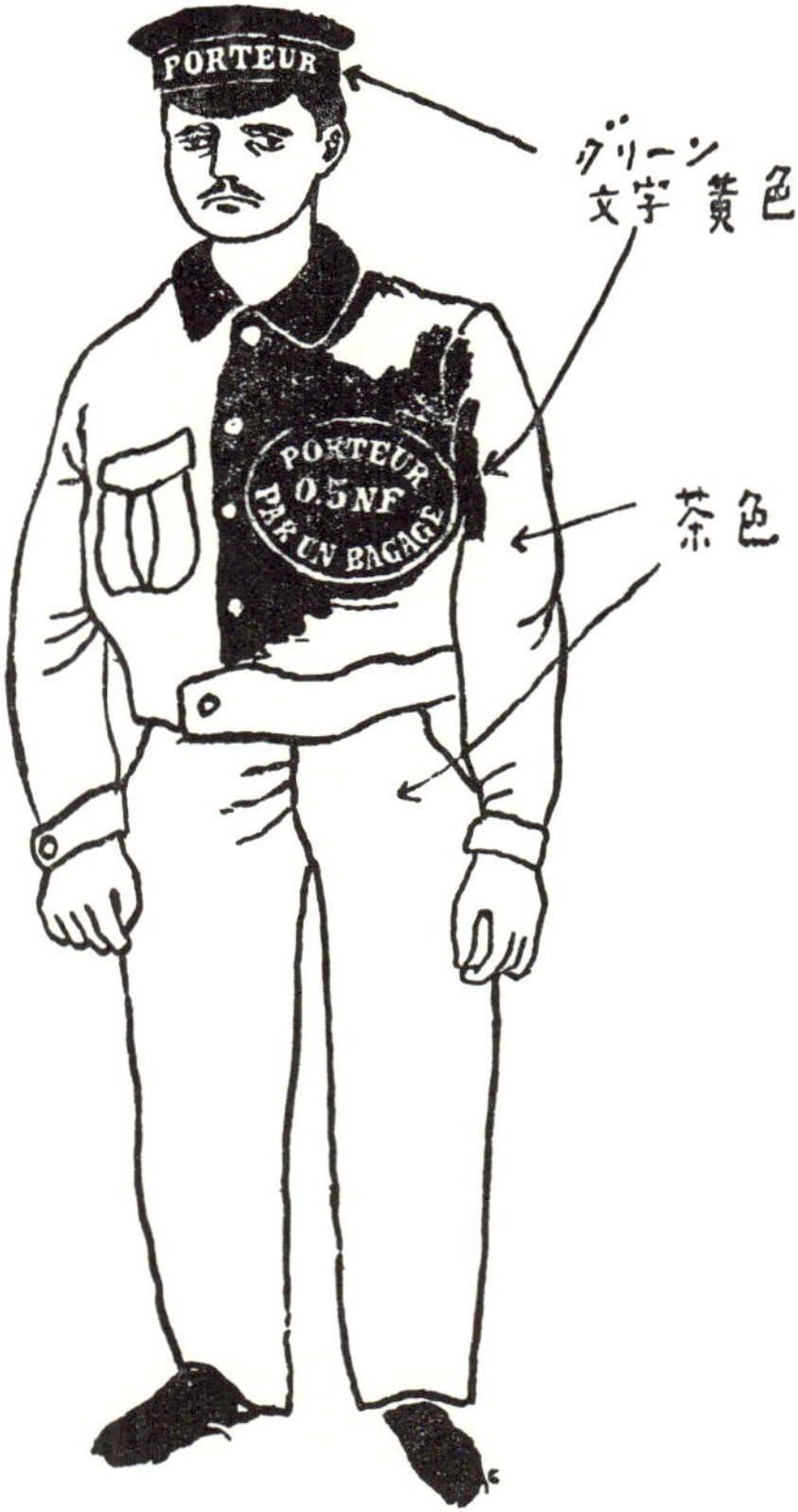

コンで、さるご婦人とアペリティフを飲んでいました。

レストランのまわりを壁のように取り囲んだマロニエの樹々《きぎ》は、今がちょうど花盛りです。ピンクや白の花が、葉っぱの見えないくらい咲き乱れて、わたくしたちのいる小さなバルコンは、張り巡らされたマロニエの幔幕《まんまく》で、外の世界からスッポリ切り取られたように感じられました。

空は、秋の運動会みたいに、青く、高く澄んで、わたくしたちは、オリーヴの実を噛《かじ》りながら、泡立つカンパリ・ソーダを、ゆっくりゆっくり飲んだのです。

「マロニエの樹ってずいぶん巨《おお》きなものですね、それに厚くって――」

「ええ、樹の下なんか暗いぐらいでございましょ」

「花が滝のようです。今が盛りなんでしょうか」

「今年は少し遅うございますわ。それにピンクのほうが少し勢いが悪くて――ほら、ピンクの花のつく樹と、白い花のつく樹と、たがい違いに植えてございますでしょ。いつもの年ですと、あれが、もっとはっきりとダンダラになるんですのよ。とっても綺麗《きれい》――」

どうです。

いやらしいではありませんか、歯が浮いてくるではありませんか。

でも、これはごく自然な会話なのだよ。そして、わたくしは別にベレー帽なんかを被《かぶ》ってはいなかったよ。誰が悪いのでもない、日本語でパリを語るということ自体がだめなのです。いやらしくなってしまう。


といったようなわけで、わたくしは非常な喰わず嫌いだったわけです。

で、今はどうかというと、偏見はすっかり改まったわけだが、別にそれほどパリが好きになったわけでもない。ただ、とても美しい街だと思っています。

それはそれは美しい。

街、という、どんなにでも勝手気儘《きまま》に穢《きたな》くなりうるものが、あんなに美しいままの姿で存在し続けているという事実、これが実に信じ難く思われるのです。

もし、シャンゼリゼの一角に銀座をそっくり再現してみたら、これは一見スラム街風に見えてくるのではなかろうか。

■何故《なぜ》パリは美しいか

さまざまな原因が考えられるのですが、まず、フランス人の感覚、といったことを抜きにすると、建物の大部分が石造りであるということ、また、その高さを大体において統一したということが、大きな原因になっていると思うのです。

どんな建物にも、必ず大きな、フラットな面というものがあります。つまり、建物の周囲は、屋根と壁なのですから、窓や扉を差し引いた残りは、ただの平らな面として残るわけです。

この面を、見た目にいかに快く処理するか、いかに快い物質感で埋めるか。これは、家を建てる上での大問題なのではなかろうか。

たとえば、トタン屋根なんか失敗の好例だし、藁葺《わらぶ》きの屋根なんか非常に成功してると思うのです。

また、モルタルやコンクリートの大きな壁は、いわば死んだスペースであることが多いが、煉瓦《れんが》造りならなんとなく救われている。

石造りの建物が有利なのは、つまり、そういう問題をある程度、あらかじめ解決しているからでありましょう。

石造りの建物が美しく見える原因は今一つある、それは窓の形です。

石の重さに耐えるため、窓はどうしても縦長になる。縦長になると、窓はどうしても小さくなるでしょう。そこで採光をよくしようと思うと窓の数が多くなります。たくさんの窓に、いちいち雨戸をするわけにもいかないから、観音開きのブラインドということになる。ブラインドの開いた細長い窓がたくさん並んでいる、ここに一種の視覚的なリズムというものが生じるのだと思うのです。

しかも、建物の高さが大体そろっている。高さがそろっているから、建物の集合が一つに纏《まとま》って、いわば道の長さだけある、巨大な建物が一つある、みたいな感じになるではありませんか。

つまり、ここに一つの単純化がおこなわれて、それがパリを美しくする一つの足掛りとなっているのです。

美しいことは美しいけど自分の庭なんかない。でも街全体が庭みたいなんだ、ともいえる。

どっちがいいだろう。

■素朴な疑問

素朴な疑問が、わたくしには沢山あります。

一体、東京はいつ頃から醜くなり始めたんだろう。江戸はどうだったんだろう。江戸の街は美しかったろうな、多分。第一全部日本建築だったんだもんね。建築の様式に統一があれば、街なんて美しくないわけがない。

それでは、どこに断絶があったのかな。東京はいつからきたなくなったのかな。新しく家を建てる時、玄関の横に洋間をくっつけ始めた頃からかな。電柱が建ち始めた頃からかな。ペンキで看板を書くようになってからなのかな。それとも屋根をトタンで葺くようになってからなのだろうか。震災や空襲で焼野原になってしまった前と後では、美しさはどんな工合に受け継がれるのかな。パリやローマで、新しく建物を造ろうとしたら、街の美しさから受ける抵抗というのは、これは大きいだろうね。大き過ぎて、やっぱり変な真似《まね》はできないだろうな。日本的な美しさにはそれだけの抵抗が無いのかね。

黒々とした山のふところに、藁葺きの農家がひっそりと並んでいる。そこへ突如クリーム色のモルタル二階建て、しかも、どういうわけか屋根は緑色のトタンで葺いた村役場がポンと建って村人喜ぶ、というのは、こりゃどういうわけだろう。

そもそも日本人というのは、美しくなけりゃ気が済まないという人種で、あったのか、なかったのか。どうして醜い要素ばかりがドンドン発展してしまうのか。

日本では、人間の集るところが必ず醜くなるのはどういうわけなのか。人々が寄ってたかって自然の美しさを台なしにしてしまうのは一体なぜだろう。

たとえば海岸は美しいが、海水浴場はなぜあれほど薄ぎたないのか。リド、なんてうまくいってるがねえ。リドっていうのはヴェニスの向い側にある鰻形《うなぎがた》の島ですが、この海岸なんてうまくいってるねえ。小さな脱衣所というかバンガローというか、犬小屋をそのまま大きくした感じの建物なのですが、屋根が白っぽいグレイのスレートでね、壁は全部青と白の縦縞《たてじま》なのです。イタリー人はどうして青と白の縞があんなに好きなのかな。これが何百も一直線に並んでいるのを見ると、日本人は大概鎌倉のヨシズ張りを想《おも》い出して、畜生、うまくいってやがるなあ、と叫ぶのです。

あるいはパリの空港の、グレイとブルーと軽金属色の広い広いロビーの中で、案内係の女の子の着ているオレンジ色の制服の色がよい、これはパリだ、といってハタと膝《ひざ》をうつのです。どうしてパリはこんなに綺麗なんだろう。緑と、黒と、茶色と、グレイ、それに少量のオレンジやコバルトや黄色のある町。人々は、グレイや黒やいろんな茶色の革なんか着て歩いてるねえ。あれは、街にあわせてるんだ。連中は、街を上等の外套《がいとう》みたいに着こんでいるんだ。

どうしてパリはあんなにうまくいってるんだろう。どうして東京はあんなに駄目なんだろう。日本人っていうのは駄目な種族なのかね。

日本のモルタルの小住宅の二階の窓、なんていうのは、一つの醜いものの典型でしょう。形式的な美しさなんて少しもない。そもそも外観なんかどうでもいいのではなかろうか。家の外側というのは、つまり部屋の裏側であるに過ぎない。だから中にあって工合の悪いものは全部外にくっつければよいという考え方なのでしょう。

雨戸の戸袋が出っ張っていている。トイレの空気抜き、風呂場《ふろば》の煙突、雨樋《あまどい》、ガスのメーター、牛乳箱、郵便受、屋根の上に物干台を作る、テレビのアンテナを立てる、犬小屋を置く、電線を収めた鉛管や、ガス管が壁の外を這《は》っている、お上も協力して、電柱を立て、電線を張り巡らし、交通標識を立ててくれる、玄関にはNHKの聴取者章、電話番号、丸に犬と書いた金属板、押し売り、ユスリ、タカリは一一〇番へ、という貼《は》り紙、防犯連絡所という木札、朝、読、毎、と白墨で書いて丸で囲む、少し横の方には所番地を紺地に白で書いた琺瑯《ほうろう》の板、これにはタイアップの広告がついて、一日百円の民謡温泉、板橋駅前、なんて書いてある。

これでこの家がラーメン屋でも始めたらどうなるか。まず看板を出すだろう。軒に平行した奴《やつ》と、壁から直角に出た奴、二階の窓の上と屋根との間の三角形のスペースにも、ペンキで同じことを書く、暖簾《のれん》を出す、屋根形の小さな看板に、中華、丼物《どんぶりもの》一式、出前迅速、それからメニューのようなものを書いて路端へ出す、映画のポスターを貼る、自転車と単車を店の前へ置く、赤電話、赤電話があるという楕円《だえん》形の看板、地方の商店街なら、赤と緑の、得体の知れぬネオンのついた広告燈《とう》が立ち並ぶ、柳祭、桜祭大売出し、なんていう時には提灯《ちょうちん》をつるし、桜の造花を飾らねばならぬ。

これがわれわれの街なのです。

思い切ってスラム調で統一してみました。

穢さがイッパイ！

■わたくしのコレクション

俳優の一人が、スナップを撮ろうとしてカメラを向けたという理由で、エヴァ・ガードナー氏はとたんに不機嫌になり、セットから退場、本日の予定はすべて取りやめとなる。

なんでも、その昔、落馬して怪我《けが》した顔を盗み撮りされたとかで、それ以来カメラ・ノイローゼなんだって。大したものではないか。カメラも照明もセットされて、スタッフ一同用意完了、チャールトン・ヘストン初め十数人の共演者、数十人のエキストラが、メーカップを済ませ、衣裳《いしよう》を着けて待っているのだ。

わたくしは、何が嫌いって、自分の不機嫌から仕事のチーム・ワークを乱す人間ほど嫌いなものはない。

仕事が無くなったので、かねて申し込まれていたインタヴィユーを受けることにして、もし「あなたの嫌いなものは」と聞かれたら、とたんにそう答えようと思ってたんだけど、この質問は出なかったな。

でも、自分の嫌いなものをあれこれ考えるのはとても愉《たの》しいことです。美的感覚とは嫌悪《けんお》の集積である、と誰かがいったっけ。

嫌いなものに関するメモ。

映画雑誌にのってる、読者投稿、スター・カリカチュアと称するもの。

必ずといっていいほど片目しか描かれていない。あるいは鼻が描いてない。実に安易なデフォルメではないか。しかもそれが十年も二十年も続いている。つまりみんな猿真似の証拠ではないか。

書物や、記事の題名で「なんとかひとりある記」とか「食べある記」とかいったたぐい。また賞の名前で「なんとかしま賞」、会の名で「ああそう会」といったたぐい。こうやって書いてるだけで吐き気がしてくる。

車のバンパーに、NO KISS とか I HATE YOUR KISS とか DON'T KISS ME とか書いてある、あの感覚。このへんが日本人のセンス・オヴ・ヒューマーの最大公約数なのかしらん。

映画スターのお宅拝見なんていうグラビアに、きまって人形のコレクションが写っているのはどういうことかね。わたくしは別に人形に対する特別な偏見はないつもりだが、映画スターの人形蒐集《しゅうしゅう》というのは、なにか他人の褌《ふんどし》で相撲を取ってる、という気がしてならぬ。僕ッテ、スゴク子供ッポイ奴ナンダ、ホントハ。

それに、人形を集めてる奴の弾く楽器というのが必ずウクレレときちゃうだろ。いやウクレレが悪いとはいわないよ。ただ人形集めと同じ安易な気持ちで、一番やさしい楽器をいじってるという、その、全体に漂うイージーさがやり切れない。

カレー・ライスなんか頼んで、食べる前にスプーンをコップの水につける人がいる。あれで何か衛生的なことをしたつもりなんだろうか。しかもその水を飲んだりなんかされると、こっちが混乱しちゃうよ。なにも、俺は不潔なものを食ってるんだぞっていう感じを、わざわざ人に見せびらかすことはないと思うのだが。

ウイスキーを飲みながら食事する人がいる。コーヒーを飲みながら晩餐《ばんさん》、ていう人もいるようだ。こういう人々は、味の蕾《つぼみ》の無いかたがたではあるまいか。考えてごらんよ、ウイスキーのオン・ザ・ロックスかなんかで河豚《ふぐ》を食べるなんて。こらあかんわ。

コーヒーを飲みながら食事するっていうのは、西部劇時代から一向に垢抜《あかぬ》けない、アメリカの蛮風です。この一事だけでも、アメリカ人がどれだけヨーロッパで軽蔑《けいべつ》されているかわかんない。

　それをどうだろう、日本のホテルなんか得々と真似しちゃって、食事の始まる前にコーヒー・ポットなんか出てくる。

　ビールの小壜《こびん》しか置いてない店。

　日本酒のお銚子に、つるっとしたウイスキー・グラスを出す店。

　羽田空港のポーターたちの制服。働いている人たちには悪いが、これは国辱ものです。しかもベレエ帽の被《かぶ》り方が大体まちがってる。ベレエというのはスッポリ、深く被るものです。のっけるものじゃない。

　有楽町ゼロ番地、そごう百貨店の壁面高く、yomiUri Hallと大書してある。そのローマ字のYという字の太い細いが逆なのをご存知か。しかもuの字が、どういうわけか小文字でなくUとなっており、しかもこれまた太い細いが逆になっている。しかもyは小文字、Hは大文字というのは、これは一体どういう神経なのかね。

　ローマ字というものはだよ、左上から右下へ、斜めに降りる線が太くなるのだ。UはVの変型であるからして、左の縦棒が太い。デザインで食ってる以上、せめてこれ

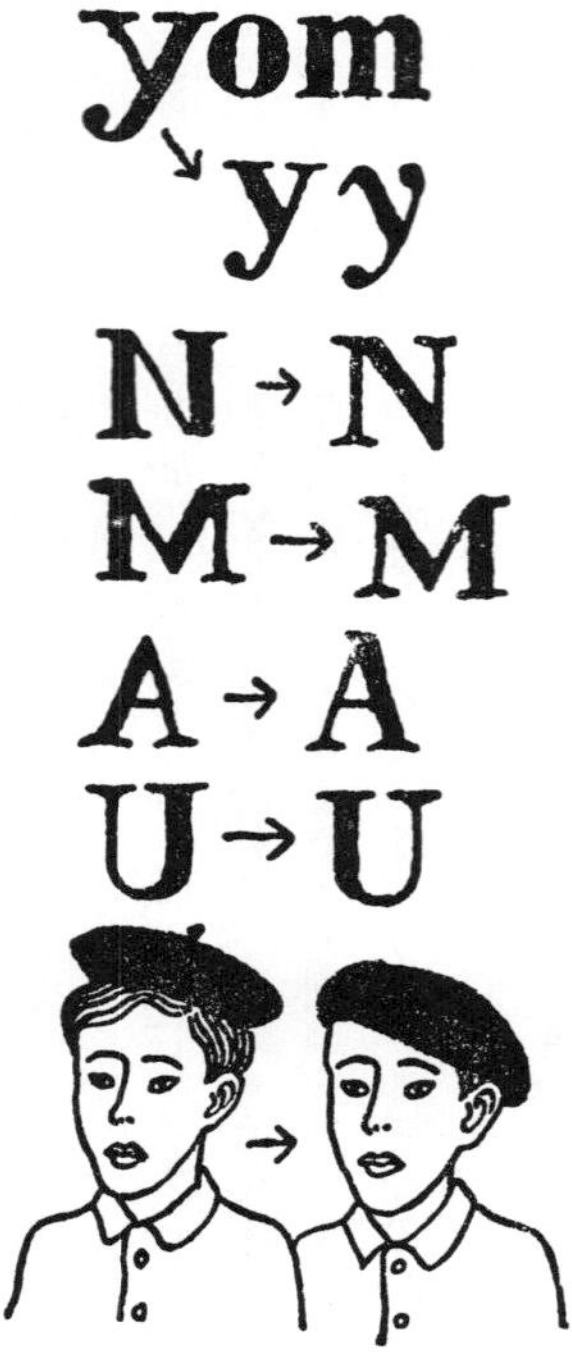

くらいの常識は持ってもらいたいと深く希《ねが》うのだ。

様という字のつくりに羨と書く人がいる。鼻糞《はなくそ》をほじくる女の子。靴屋にある足許《あしもと》だけしか写らない鏡。全身鏡のない靴屋を、わたくしは靴屋と認めない。

「いい意味のライヴァル意識」という言葉。「いい意味の個人主義」という言葉。

やたらと紋切り型の言葉を使う人がいる。バーへ行くと、水のことを「村山ハイボール」とか「鉄管ビール」とかいって注文する。バーテンダーのほうにも同じようなのがいて「もうからん水《すい》」なんていう。

　スキーで転んで顔から雪へつっこむと「顔面制動」とくる。「光栄の行ったり来たり」とか、人が掃除なんかしてると「雨が降るわよ」とか「あっ、どうりで雨が降って来た」なんていう。いや必ずいうのです。

　歩くことを「テクシー」という。秀才とか、名人とかいう言葉が出ると「でもシュウは臭いほうのシュウだけど」とか「メイは迷うほうのメイでしょう」とかいう。

　只乗《ただの》りのことを「薩摩守《さつまのかみ》」という。

「ハッハア、の三年忌」とか「なるほどちぎれる秋なすび」これはまだ許せるとしても「恐れ入谷の鬼子母神」などと恥ずかし気もなくいう。鼻の下が長いと「チューリップ」あるいはもっと直接に「鼻下長」(ビカチョー) とくる。なにかいうと「松沢病院行き」ときめつける。

　自転車や、乳母車のことを「自家用」という。

　外斜視のことを「ロンパリ」、ズボンのチャックを「社会の窓」、下駄を「ジャパニーズ・スパイク」、お風呂へ行くことを「ニューヨーク」、質屋を「イチロク銀行」、日曜日のことを「ネテヨービ」なんていうのは、みんなこの人たちである。

こういった言葉のすべてを、こういう使い古された紋切り形のすべてを、彼らは自分自身のヒューマーとして使っているのです。

こんなのが二人集って、

「ほんとに冗談のわかんない人っていやあねえ。」

「そうなのよ、そうなのよ、全然話の通じない人っているじゃない。」

なんてやってるんだから、聞くほうでは「ムッ」といったまま二の句が継げないではないか。するとすかさず「あらケイコートーねえ」とくる。

こういう、言葉に対する無神経さはどういうことなんだろう。

東横線の学芸大学まで切符を買うのに「学芸一枚」なんていって、しゃあしゃあとしている。何がガクゲーイチマイだ。たとえば「銀ブラ」なんていう言葉も、その昔、そういった無神経な人が造り出したに違いない。これなんか、やはり、正しく「銀座ブラリ」とでもいったほうがいいんじゃなかろうか、と思うのです。

■パリのアメリカ人

アメリカ人に関しては、わたくしの好きな小咄《こばなし》が一つある。尤《もっと》も、これはジョークだと断らないと誰でも本気にしてしまう。それほど描写的なのです。
即《すなわ》ち、パリのルーヴル美術館を訪れたアメリカ人が、モナ・リザの前で、
But, it's so small!
と叫んだというのです。

ローマの遺跡を見て、「ローマは戦災からまだ復興していない」と洩《も》らした代議士の話は有名だがパリやローマに溢《あふ》れているアメリカ人観光客の、まず九十パーセントはこの類だと思ってよい。現に、ポムペイの廃墟を見て、「こりゃまた徹底的に爆撃されたものだな」と叫んだアメリカ人の話は、これまた有名なもんだ。

昨夜、わたくしがマルセル・マルソーのパントマイムを見にいったとお考え下さい。ところがちょうどわたくしのまうしろに坐《すわ》ったのがアメリカ人の中年のカップルだ。フランスでは、芝居の開幕は舞台を杖《つえ》で叩《たた》く、ドンドンという音で知らされる。日本でいえば拍子木のようなもんだ。このドンドンが始った時、うしろのカップルの男の方が、「まだ釘《くぎ》を打ってやがる」といったあたりから、これは怪しいと睨《にら》んで耳をそばだてていたら、案の定これはかなり典型的だった。

よく映画館で、筋をどんどん喋《しゃべ》っちゃうのがいるでしょう。あの類なのである。パ

ントマイムで、今何を表わしている、というのをいちいち口に出していいやがるのだ。「ア、ホラ、窓を閉めてる。ホラ、ガスの管を引っ張ってる。栓をひねった。ガスで死ぬつもりなんだ。オヤ、――アハハハ臭い臭い、アハハハ、ガス管をほうり出したよ、アハハハ、アハハハ、窓を開けて、アハハハ深呼吸してやがる。」だって。見りゃ判《わか》るのだ。

日本人であれば、最初に頭に浮かぶであろう気がね、即ち「コンナコトヲイッテ、人ニ笑ワレヤセヌカ」「コレハ、アマリニモ幼稚ナ質問デハアルマイカ」なんぞは、薬にしたくもない。そもそも意識にのぼりはしないのである。

勇ましいのだ。タフなのだ。肉食獣なのだ。彼らは。

告白するが、わたくしは、アメリカ人に対して、人種的偏見を持っている。殊《こと》に、あのアメリカ語というのが嫌いである。あれは一体何だろう。英語を思いきり鼻にかけ、喉《のど》でつぶし、一体、誰が一等、英語をネジクレて発音できるか、そこのところを、皆で一斉に競い合ってるとしか思えないのである。

アメリカ語、というのは、わたくしにいわせれば大田舎言葉だ。あんなものを有難がるのはよしてくれよ。真似《まね》するなんてとんでもない話だ。「あんた、アメリカ人の割には発音がいいね」くらいなことをいってやれよ。

どうかね、あの街に溢れる「米会話」「米語教授」って奴《やつ》。「米人教授多数による、個人的レッスン」て奴。わたくしも一回のぞきに行ったことがある。食いつめたような、四流のアメリカ人が出て来て、「マイ・ネイム・イズ・リチャード・オイネスト」といいやがった。「オイネスト」とは何かね。自分の名前じゃないか。ちゃんと正しく「アーネスト」といえないものかね。諸君、こんな手合に英語を習うなんぞは、落目でございますよ。

それから、あのアメリカ人の子供という奴。アメリカの大人というのも随分醜いものだが、その大人をそのまま縮尺して、そばかすだらけにし、眼鏡をかけさせた、あのアメリカの子供というのは、かなり醜いよ、悪いけど。可愛気《かわいげ》がなくて、こましゃくれてこれはかなわん。

しかもだ。大人も子供もまあ大きな声で話すこと。それにまた連中の食べるステーキの馬鹿《ばか》でかいこと。まるで仁王様の草鞋《わらじ》のような、皿よりもでかいステーキを、珈琲《コーヒー》で流し込んで、もう、エネルギーは牛のようにあり余った。そこでルーヴルへ乗り込んで、モナ・リザが小さく見えたって、わたくしは知らないよそんなこと。

アメリカへ留学生として招かれ、アメリカの家庭の一員として二年間を過された、鈴木花子さん（21歳）から、本誌へ、次のような便りが寄せられました。といった記事を、家庭欄なんかで時々見受ける。

「きびしい子供のしつけ」「塵《ちり》一つ落ちていない公園」「尊重される子供の自主性」「他人に迷惑をかけない教育」「家庭ぐるみの男女交際」といった式のものである。こういう、何でもかんでも結構ずくめの記事ほどいらだたしいものはない。

アメリカの子供の教育が、それほど素晴らしいなら、何ゆえにアメリカは、失敗作の大人で充満しているのか。方法論を云々《うんぬん》するより前に結果を見てくれ。アメリカ人のどこが、日本人より、それほど優れているのか。成程、公園に紙屑《かみくず》を棄《す》てたのはわたくしが悪かった。あれはあやまるとしてだ、日本人が、アメリカ人に躾《しつけ》を教えられるなんぞは馬鹿な話じゃありませんか。

そんなことより、かつては美しかった、日本人の人情を失わないようにしようじゃないの。思いやり、気がね、遠慮、謙遜《けんそん》。こういったものは、世界のどこにも例の無い美しい国民性なんだ。

アメリカ式教育のお先棒は、だから公徳心くらいにしておいて下さい。そんなことより、日本の良さがどんどん失われているんだ。たとえば、敬語だ。日本ほど敬語の発達している国がどこにあります。子供達に敬語を棄てさせてはいけない。それは美しいことなんだから。

あるいはもっと卑近な例が、味覚だ。

完全な味覚を十とすれば、日本人の味覚は七、欧米人の味覚は三ないし四、というくらいなものなのだ。これを駄目にしないで下さい。インスタント食品なんかで、スポイルしないで下さい。

つまんないテレビを見てる暇があるのなら、ダシぐらいは真剣に取って下さいよ、日本中のお母さん。

III

■ロンドンからの電報

『ロード・ジム』という七十ミリ映画に、ウォリスという大役がある。自費でよければ、ロンドンへ来てスクリーン・テストを受けないか、という電報をわたくしが受け取ったのは、十一月のある日であった。発信人は、知り合いの女性でこの映画のキャスティング・ディレクターである。自費で来いというくらいだから、これはほぼ内定しているんだろう、という軽い気持ちで飛行機に乗ったが、何ぞ計らん、後で聞けば、これは彼女の打った大バクチであった。続く二十日間というもの、わたくしは死ぬ思いをして、確実に痩《や》せて日本へ帰って来たのである。

そもそも乗り合わした人物がいけなかった。わたくしは、彼をあるホテルのロビーで見かけたように思うのだが、襟に菊のバッジを閃《ひら》めかせている体の人物である。

「おい、ワシの車を呼んでくれ。」

「は、かしこまりました。どちら様でいらっしゃいますか。」

こんなことはトイレットの中で済ましてもらいたい。

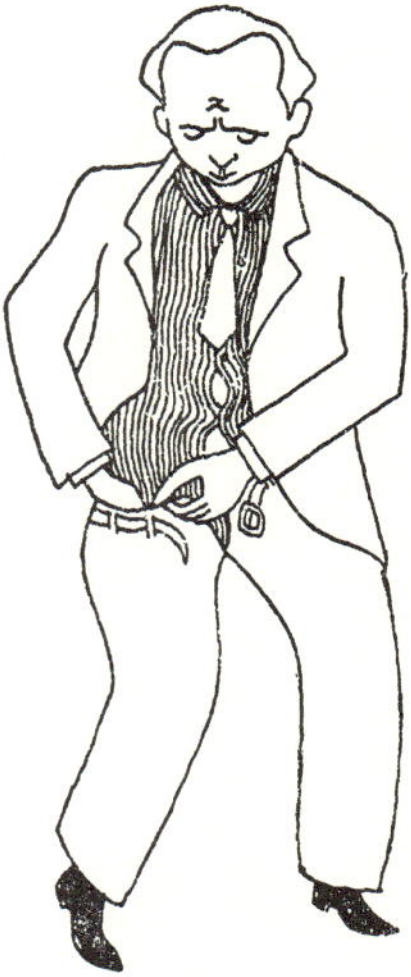

心せかるるままにトイレットを出て、かかる姿を衆目にさらす。こうして得た数秒であなたは一体何をしようというのか。紳士として、最も失ってならないもの、それは心のゆとりである。

「衆議院の金山大三郎。」

（もしこんな名前の方がいらっしゃったら偶然ですから失礼）吐き捨てるようにいったものである。

この神経は尋常ではない。早い話が、わたくしだって名前を聞かれて、「映画俳優の伊丹十三」などとはいわないよ。こういう人間は、子母沢寛《しもざわかん》さんの『駿河遊侠伝《するがゆうきようでん》』を読めばよいのだ。縄張りの中で駕籠《かご》に乗っては、堅気の衆に申訳ないといって徒歩で旅をした大親分衆の話を読めば、本当の貫禄《かんろく》というのがどういうものかわかるだろう。イヤ冗談じゃないよ、同じ次元でうんと程度が悪いのである。

パリのレストランで、ベルトをゆるめ、チャックをはずし、おもむろに胴巻から闇《やみ》ドルを取り出すのはこういう人物に違いない。聞けばこういう人物にも三段階あるという。一はまず「トイレはどちらですか」と聞く種族。二は、彼がベルトをゆるめようとした瞬間随行の人が「トイレはあちらになっておりますが」というと、素直にトイレに立つ種族。三は「ワシは便所なぞ行かんよ」といって、衆人環視のうちに胴巻を取り出す種族である。こういう人物は、全く箸《はし》にも棒にもかからない。英国製の背広なぞ着ておるが、中身は猿にも劣る、といっては猿に対する侮辱であろう。そうして、日本へ帰って来ると、飛行場へ出迎えた人にこんなことをいうのだ。

「みなさん、この金山大三郎の手を見て下さい。日米親善に尽してきた手です」というから何のことかと思うと「私はこの手でアイゼンハワーと握手して来ました」とくるね。この無恥。この無内容。

わたくしが、日本人であることを、つくづく後ろめたく思うのは、こういう人物と同席する時である。一体「政治家は、先《ま》ず、優れた歴史家でなくてはならない」というようなことが、現実に通用し始めるのはいつのことであろうか。

■息詰る十分間

パリは濃霧であった。

われわれは、コペンハーゲンで三時間待ち、パリの上空で三時間旋回したが、結局着陸するめどがつかず、南へ向ってニースの飛行場に放り出された。ニースの飛行場は三年ぶりである。人人は相変らず葡萄酒《ぶどうしゅ》を飲み、フランスの堅いパンを噛《かじ》り、チーズを食べ、軟い服地を着、軽い靴を履き、サン・グラスをかけていた。

地中海、というと、澄みきった空、冴《さ》えざえと蒼《あお》い海、を想像する人もあるかと思う。全然そうではないのです。すべてが暖かくトロリと澱《よど》んでいる。空も海もトロリと甘いのである。空は蒼く、海はオリーヴ色なのだが、大気の中に、何やら気だるい、銀色の鈍い光が充満していて眠たげである。

そうして陸は、いかにも優しく暖かい、緑の松を敷きつめ、その中に、赤い屋根、クリーム色の古びた壁の家が点々と建って、真紅の花々が、そこにもここにも一斉に咲き乱れている。そういうニースの飛行場のレストランでスパゲッティの昼食がサーヴィスされ、そのスパゲッティを、金山大三郎がどんな音をたてて食べたかということは、もはや、ここに再録するよしもないが、彼が食べ終るまでの十分間、他の日本人たちは身を固くしてじっとうなだれていた。息詰るような十分間であった。

■女狩人の一隊

ロンドンに着いた時は、日本を出てから二十四時間以上経《た》っていたと思う。落ち着く先はパーク・レイン・ホテルという、おそろしく古めかしいホテルである。何しろ十何年ぶりにこのホテルを訪れた人が、お茶の時間にロビーへ降りて行くと、同じ隅の同じ椅子《いす》に同じ老婦人が、化石したような工合に坐《すわ》っていて、それがまた十何年前と同じ仕草で柄付眼鏡を取り上げ、硝子《ガラス》ごしに人をじろりと観察する、というホテルである。

　ホテルの中ではコートを脱ぐべきか、それとも脱がなくてもよいのか。人々が、何時《いつ》の間にかコートを腕にかかえているところを見ると、矢張り脱ぐのが正しいのであろうか。そういうことがひどく気になるホテルである。

　地下には大舞踏室がある。そこへ夜な夜な、着飾った老人達が群れ集り、連日大舞踏会を催しているのだ。薄気味悪いではないか。わたくしなど所詮《しょせん》場違いなのです。

　劇場の始まる時刻が近づくと、パーク・レインのあたりは、タキシードを着て大股《おおまた》に歩いて行く人達で混み合ってくる。待ち合せたホテルのバーへでも急ぐのであろうか。不思議なもので、タクシードも、英国人がロンドンで着ていると、ひどく地味な衣裳《いしょう》に見えてくるから奇妙である。ここらあたりに、英国風お洒落《しゃれ》の真髄があるのかも知れない。

　つまり、絶対に華美であってはならない。斬新《ざんしん》奇抜であってはならない。独創的であってはならない。個性的であってはならないのです。そんなものは独りよがりに過ぎぬ。

　英国人にして、コンチネンタルのスーツなぞ着ている男があったら、彼は必ずや後ろ指をさされているに違いないのである。

「あの若い方は、服装に関しては少し風変りな趣味をお持ちのようだから――」

「左様。あのコンチネンタルというのは少々鼻持ちがなりませんな」

という工合である。その代り生地のよい、保守的なスーツであれば、それがどんなにへこたれていようとかまやしない。靴さえピカピカ光らせ、新しい踵《かかと》をつけていれば堂々たる英国紳士である。

翻訳小説を読んでいると、ホラ、よくプレスのきいた服、というのを着た男が出てくるでしょう。そんな表現が必要なほど、きちんとプレスされた服というのはまれな存在なのです。

ところが、である。英国の女、ということになると話が全くガラリと変って来る。これはまた実に新しがるのだ。いわゆるパリ・モードを着るのである。ブーツが街に溢《あふ》れている。大柄なチェックのマントがぞろぞろ歩いている。真紅な皮で作ったジョッキイ帽、あんなものは街の中じゃ可笑《おか》しいと思うのだが、そんな帽子が流行《はや》っている。何のことはない、女の狩人の一隊がロンドンに練り込んだようなものではないか。そうしてこれがまた実に似合わないときている。あの、非感覚的な民族が、無器用な職人によって作られたパリ・モードを、皮膚ばかり白い、あの無骨な体の上に着たって、それは似合うわけがないのです。

似合わないから、哀れむべし、おそらくは大金を投じて仕立てさせた筈《はず》のパリ・モードが、どれもこれも全部、一番安っぽい既製品に見えてくるのであった。

やっぱりパリジャンヌというのは特別な存在ですね。みんな、ありふれた黒っぽいスウェーター、グレイのスーツ、あるいはスウェイドのスーツ、スウェイドのコートなんか着て、栗《くり》色の靴、栗色のバッグなんか持って歩いているのだが、これが上から下まで小憎らしいほど、ピッタリ調和してシックなのである。パリ・モードなぞ誰も着やしない。みんな既製品を適当に組み合せているだけなのだが、その洗煉《せんれん》され工合というのはどうにも太刀打ちできない。ハンド・バッグの柄に、絹のスカーフなんか、しゃっと結んだりして、遊ぶところは遊んでいる。

いやはや、パリ・モードに憂身《うきみ》をやつしている外の国の女性たちというのは、はっは、哀れな存在ですねえ。

■ロータス・エランのために

ロンドンの二十日間は、消化不良と胸やけの二十日間であった。

あまりの緊張が胃へきたのです。しかも、悪いことに、といっちゃあ何だが、毎日

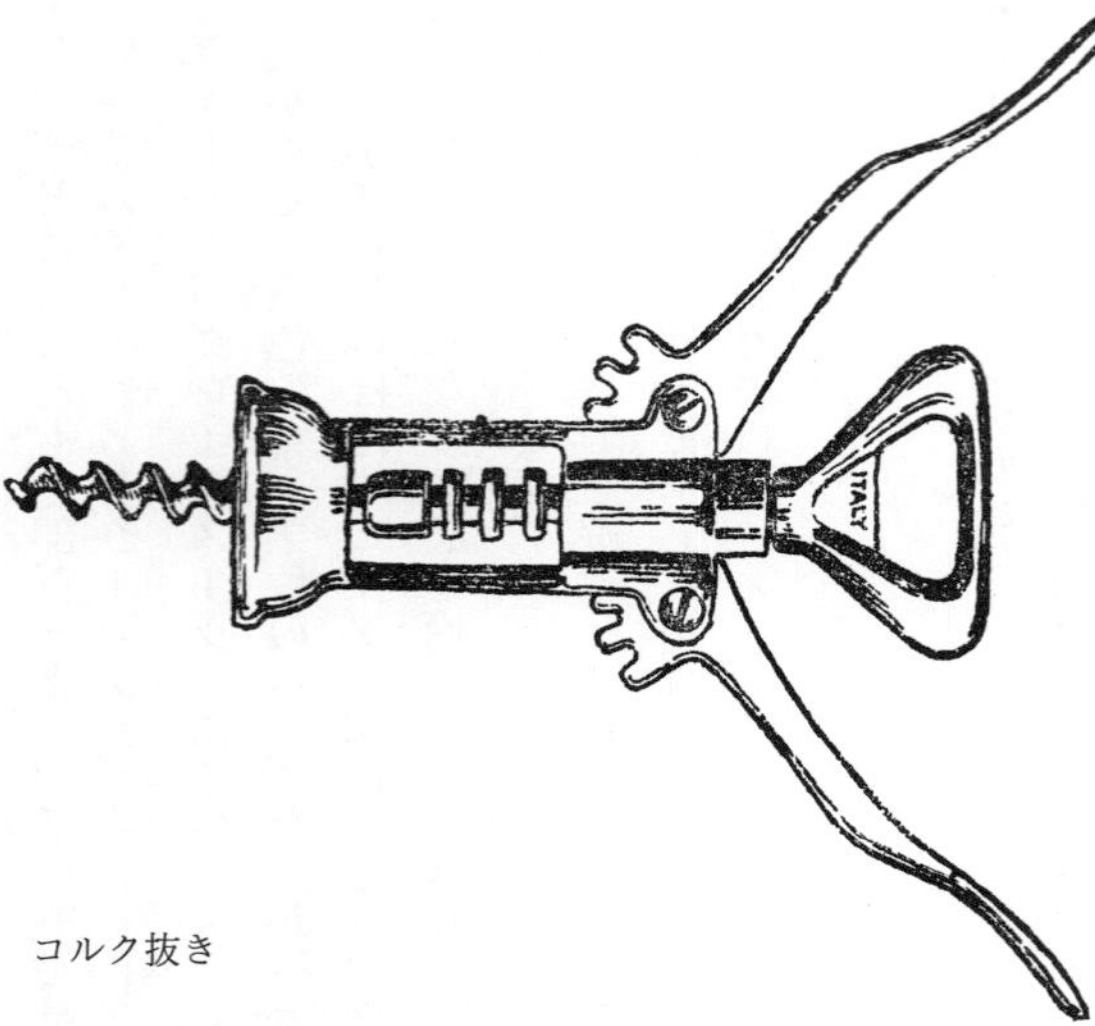

コルク抜き

のように晩餐《ばんさん》に招待される。そして、よばれない日は、こちらが誰かを招待しなければならないような塩梅《あんばい》であった。

なにを食べても味が無く、酒を一口、口に含むと、もう胸やけがした。イタリーに、ソァヴェ・ボツラという白葡萄酒《ぶどうしゅ》があって、これの一九五九年なんぞ、わたくしの大変好きなお酒なのだが、これさえ酸《す》っぱくて、グラス一杯よう呑《の》まなかった。

葡萄酒をビールに代えたりもして見たが、駄目なものは駄目なのです。ウイスキーはなおのこといけない。しまいには水さえ駄目になってしまった。まことに心配事というのは胃にくるものです。

わたくしがロンドンへ発《た》つにあたって、一つ、実にくだらないことを、心にきめてきた。つまり、もし、この役が貰《もら》えたら、何が何でもロータス・エランを買ってやろうと思ったのです。

ロータス・エランは英国のスポーツ・カーだ。排気量は一六〇〇ccと小さいが、二〇〇キロ近い最高速度を持つ。しかも、スタートして一〇〇キロに達するに要する時間が何秒だと思う。たったの七秒という、実にどうにも気違いじみた車なのです。

ところで役が貰える、ということはどういうことか。勿論《もちろん》、ピーター・オトゥール、ジェイムス・メイスン、クルト・ユルゲンス、イライ・ウォラック、ジャック・ホーキンス、それに日本の斎藤達雄さんなんかと入り乱れて、しかもリチャード・ブルックスの監督のもとに、七〇ミリの仕事をするという、俳優にとって、これだけでも夢のような名誉だ。だが、それだけではない。役が貰えるということは、このロータス・エランを買って、なおかつ二人口が一年やそこら楽に食えるだけのものを余す収入を意味するのです。

それなら、役が貰えない場合はどうなるか。そんなことは考えて見たくもないが、東京ロンドンを往復して、一流ホテルに滞在するだけで百何十万円かの物入りだ。しかも、加うるに敗北感、というか屈辱感というか、異郷に志を失って、満身創痍《そうい》、旗を巻いて帰るという気持ちはいかばかりのものだろう。

実に、役を貰うと貰わないのでは、立場が天と地ほども違って、残酷なばかりではありませんか。

こんな悩みの、次元が低いということは、よくよく承知しながら、しかもわたくしは日夜思い悩んだね。笑ワバ笑エ。

■渡された一頁《ページ》

さて、ロンドンに着いた翌日、監督のリチャード・ブルックスが、さも惜しそうに一枚の紙を差し出した。わたくしがスクリーン・テストで演じて見せる筈のシーンがタイプしてある。すこし長くなるが、次にその全文を掲げる。と、いいたいところだが、何しろ厳重な箝口令《かんこうれい》がしかれていて洩《も》らすことができない。「この脚本の内容を一言でも他言したら、俺は君を個人的に殺すかも知れん——いや、本気でいってるんだよ」

リチャードは直情径行の人のようだ。何しろ過去七年間を注ぎ込んだ脚本である。

奥さんのジーン・シモンズすら読んでいないという。

ともかく、そのシーンの、おおよそは、危機にあたって、我々が拠《よ》り所とすべきは、感情ではなくて正義である、という、かなり理づめな、長い台詞《せりふ》であった。というといかにももっともらしく聞えるが、いやはやどうにも、英語でタイプされた台詞くらい白じらしいものはありませんねえ。

わたくしは、いわば喰い入るように、その紙を見つめたのだが、いかんせん、外国語の、そのような台詞が、いきなり何かの生活感情をもって生き生きと訴えてこよう筈もない。単に喰い入るように見つめていただけであった。

だから、監督が「サテ」といった時、わたくしは顔には出さなかったが実に取り乱しましたよ。何しろ、さあ、もうすぐにもテストが始まるかと思ったのです。たまったものではありません。

リチャードはとりなし顔にいった。

「スクリーン・テストというのは、俳優にとって実にいやなものだろうと思う。つまり、俳優は、この役が貰えるのか貰えないのか何も保証されていない。そういう中途半端《はんぱ》な立場というものが、俳優にとって余計な精神的負担になっているわけだ。だから、私は、君が一番やりやすいように、どのようにでも協力するつもりだよ。

君がよければ、今すぐリハーサルしてもいい。あるいは二、三日してからリハーサルしてもいい。あるいはまた、リハーサル無しで、いきなり本番ということでもいい。君のやりやすいようにやろうじゃないか。いや、ちょっと待った。その返事だって、何も今すぐする必要はないんだ。よく考えてからでいいんですよ。」

ともかくわたしは考える時間が欲しかった。三日後のリハーサル、五日後のテストを約して引きあげました。

■"GO AND CELEBRATE"

それからテストまでのこまごましたいきさつを書くつもりはない。リチャードの演技指導というのは素晴らしいものだった。彼ほど、あらゆる細部に亘って明確なイメージを持ち、かつそれを巧みに説明する能力を持った監督を、わたくしは見たことがない。わたくしは、リハーサルの後、わたくしの台詞の一語一語が、すっかり新しい生命を持ち始めているのに気づいた。ありていにいえば、テストの時、わたくしは自信を持っていたのである。

そうだ、テスト、とはいっても、これは大がかりなものだったですよ。何しろ撮影所へ行くと、テストのためのセットが組んである。そこでもって、ちゃんと仮縫して作った衣裳《いしょう》を着て芝居するのです。カメラも照明も、全く本番と変りはありません。その日は、ソルボンヌ大学の女学生という、女主人公の候補者と、わたくしと二人テストしたのですが、この女の子が、これも長い長いシーンがなかなかうまくいかなくて、十何回撮り直したでしょうか。それとわたくしのテストで三千フィートくらいのフィルムを使ったと思います。三千フィートといえば一口ですが日本の、大ていの劇映画は三万フィートくらいの割当で使われるのですから、このテストがいかに大がかりかお判《わか》りいただけると思う。

さて、わたくしの本番の一回目は、カメラが不調で、始まった途端にカット。二回目は相手役がとちってNG。そうして三回目、全身が震えるような激怒から始まって、最後はほとんど微笑《ほほえ》みながら囁《ささや》くようにして終わる、その終わった途端、リチャードの、静かにサンキュウ・ヴェリィ・マッチというのを聞きました。一回でOKです。膝《ひざ》から力が抜けてしまって、ちょっと動けないような気がした。

リチャードは「ヴェリィ・グッド」といいました。「ヴェリィ・グッド、ヴェリィ・グッド」ともいった。「エクセレント」ともいったように思う。もう外はすっかり日が暮れていて、帰り仕度を始めたスタッフ達の顔も、心なしかわたくしを祝福してくれているように見えたのです。

ところが、ところがです。その日以来、待てど暮せど音沙汰《おとさた》が無い。ものの二週間というもの、わたくしは全く身を焦《こ》がすような、宙ぶらりんの辛《つら》い思いをして暮すということになる。

しまいには、わたくしは自棄《やけ》になって、断わるなら早く断わってくれ、とすら思ったね。リチャードほどの監督と、テストとはいえ一緒に仕事して、結果は決して悪くなかった。たとえ断わられたにしても、得がたい勉強をしたのだ。何を思い残すことがあろう。わたくしは半ば自棄くそになって、一所懸命自分を説き伏せようとしていたのを、今でもはっきり憶《おぼ》えています。

が、まあ、それも過ぎたことさ。何しろ、わたくしは、今『ロード・ジム』のロケで、カンボジアの暑さにうだりながらこれを書いているんだから。結果を第一番に知らせてくれたのは、キャスティング・ディレクターのモードであった。「ゴウ・アンド・セレブレイト（お祝いしていらっしゃい）」と彼女はいった。たまたま、その夜はこの映画に出演の決まっている、ウォルター・ゴッテルという俳優に招待されていたから、それが、そのままお祝いになった。その次の日、霧のような雨のそぼ降る中を、わたくしがロータス・エランを注文しに出かけていったことは、附け加えるまでもない。

■紙の飛行機

カンボジアの首都は、と訊《たず》ねられて即答できる人は少ないだろうが、プノンペンというのだ。ここに、ル・ロワイヤルという一流のホテルがある。このホテルのバーに五人で腰をおろしたとお考え下さい。

われわれは、まず、握り拳《こぶし》くらいのパンにハムを一切れはさんだサンドイッチを注文した。飲み物は、コカ・コーラ、あるいはトマト・ジュース。この勘定がいくらだったと思う？　何と八千円だよ。

一事が万事。およそトゥーリストにとってカンボジアほど諸式の高い国はまたとあるまいが、しかしそこはよくしたもので、ここも御多分に洩れず闇《やみ》ドルというものがある。手持のドルを闇で処分すれば、公定三十五リエールのところが八十五リエールになるという。

プノンペンに王様の宮殿というのがある。これだけは御覧にならぬほうがよろしいかと思う。あまりにも侘《わび》しくなるからだ。王様は、自分の威光を天下に知らしめるためにこの巨大な城を建てた。こういう、幼稚なトリックが、いまだに通用しているという事実、これが第一に侘しいではないか。第二にその建物自体だ。何のことはない、ディズニー・ランドなのである。まがうかたなき極彩色。赤、緑、黄、金色の、日本だったら新機軸のヘルスセンターかなんかとしか考えようのない奴《やつ》が、目もあやに、青空の中にケバケバと聳《そび》え立っている有様を眺めていると、どうにも、心が不機嫌に凋《しぼ》んでゆくのだ。

さて、カンボジアの名勝は、何といってもアンコール・ワット。十世紀前後に建てられた、巨大な石の神殿が、ジャングルのそこかしこに蟠《わだか》まっている姿は、異様とも神秘ともいいようがないが、この周辺にくると風物すべて実に愛すべきものがある。家屋、というのが、木の葉で作った二坪くらいの小屋である。人々は裸足《はだし》、或《あるい》はゴム草履をはいている。女の人は簡単なブラウスに腰巻一つだ。濁った水をたたえた濠《ほり》や水溜《みずたま》りがところどころにあって、人々も牛も、ここで水を浴び、水を飲み、食器を洗い、洗濯をするのである。狩りの帰りなのであろうか、弓矢を持って自転車に乗った真黒な男が、ニンマリと笑って通り過ぎる。

アンコール・ワットの中に粗末な僧院があって、その戸口に、竹とゴムと紙で作った、大きな張りぼての飛行機が吊《つる》してあったのを想《おも》い出す。初め、わたくしは子供が作ったのだと思っていた。ところがそうではないのだ。これは、一番偉い坊さんが、生まれて初めて、プノンペンまで飛行機で旅行した。そうして得意のあまり飛行機の模型を作って、これを軒に吊し、近所の人々にこれを誇示しているのだという。

それにしても、この国の人達ほど、純真で礼儀正しく、かつはにかみ屋の人達を、わたくしはかつて知らない。そうして、彼らを、土人扱いにして顎《あご》でこき使っている四流五流の白人達、わたくしは彼らを、人間の屑《くず》、と呼びたい。

ともあれ、最早《もはや》夕暮れである。わたくしは、これからシエム・レアプの町へ晩飯を食いに出かけよう。あそこの市場の、屋台のラーメンは、なかなかいけると思うのだ。

■リチャード・ブルックスの言葉

映画と演劇の違いということを考えたことがあるかね。映画にしか無くて演劇には無い特権というのは何だと思う。

それは「眼」だ。

つまり、俳優の眼を、ありありと奥の奥まで覗《のぞ》き込むことができるということ。これは映画にしか無い特権だと思う。

だから、私は、この映画で、この特権をフルに活《い》かそうと思う。ということは俳優にとっては、ごまかしがきかない、ということだ。

君はただ「正しく感じる」ということだけ考えればよい。それが自然眼にあらわれる。それを、カメラがとらえる。それ以外に観客を信じさせる方法なんかありはしない。

君が「正しく感じ」眼がそれを正確に反映したとしたら、後は芝居をしなければしないほどいい。顔の筋肉をやたらと動かしたり、盛んに身振りをしたり、何の意味もない。というより、むしろ有害な場合の方が多いのだ。

私がゲイリー・クーパーが好きなのは、そういう理由による。ある人は彼が何もしないから従ってあれは大根だという。とんでもない話だ。

彼は常に正しく感じている。正しく感じているからこそ、何もしないで観客の眼を一身に集めることができるのだ。

私は今でも覚えているが、ある場面で、彼は、照りつける炎天の下で一人立っている。

彼は孤独である。絶望している。不安である。苛立《いらだ》っている。怯《おび》えている。

彼はただ緊張して、不快気に立っているだけのように見える。がふと気がつくと、彼は、自然に垂れた右手を、ゆっくり握りしめたり、また伸ばしたりしているのである。

これは凄《すご》い表現力だよ。彼の手のひらの汗ばんだ感じが、見るものに伝わってくるのだ。

つまり、この演技が説得力を持つ理由というのは、彼の内面で捕えられた、絶望と、不安と緊張と、そして暑さ、というものが彼の全身に漲《みなぎ》ったものを、彼は不用な芝居で発散させなかった。逆に内に持ちこたえた。そして遂《つい》に持ちこたえられなかったものが、彼の静かに開いたり閉じたりする右手からほとばしったのだろうと思うのだ。

これが即《すなわ》ち、演技における、説得力であり、また想像力というものではなかろうか。

これで、私のいう、先《ま》ず正しく感じること。そして正しく感じたら、芝居をしなければしないほどいい、という意味がわかってもらえたろうと思う。

ある場面を、君が演じる場合仮に十の動きが必要だったとしよう。これを五つの動きで演じることを考え給《たま》え。五つで演じられるようになったら、三つの動きで演じることを、更に一つの、更に全く動き無しで演じることを考えることだ。

その場面が内面的な深いものであればある程、このことは大切なことになってくるのだよ。

映画の演技で、というよりこれは演技以前の問題だが、一番大切なことは何だと思う。

カメラに写るということだ。

何をやっても、カメラに写らなくては何の意味もない。たとえば腰の拳銃《けんじゅう》をサッと引き抜いた時、胸から上しか写っていなければどういうことになるか。

だから、腰に構えて拳銃を撃つことが君にとって自然であっても、胸のところまで持ち上げて撃ってもらわねばならぬ、ということになる。

こういう不自然さというものは、カメラが君に寄れば寄るほど、必ずといっていいほど出てくるものだ。だから俳優は、常に、こういう種類の不自然さを即座にこなす柔軟性を持たねばならないということになる。

右は極端な一例だが、たとえば、砲弾を左手に持って、右手で時限装置をさし込むというショットがあるとしよう。

何でもないことのように思えるが、こういうことが意外にむつかしいものなのだ。

下手にやると観客には俳優が何をやっているのか全く判らない。

つまり、君の左手に持ったものが砲弾であり、右手に持ったものが時限装置であり、かつ、時限装置が砲弾にさし込まれる、ということが誰の目にもはっきりとわからなければ、このショットは全く意味をなさないのだ。

だから、こういう単純な動作にも、カメラの位置ということを考え、かつ、それが、なるべく自然な動作でもあるような、いわば「正しいやり方」というものがある筈《はず》なのだ。

この「正しいやり方」というものを発見するのは俳優の仕事なのだ、ということを君たちがもう少し認識してくれれば、私も毎度毎度声を高めないですむのだが、どうだろう。

この映画では、すべての演技は、できるだけ簡潔で、しかも、意味がはっきりしていなくてはならない。

私が、ロケーションやセットに、新聞記者や、カメラマンを入れない理由の一つはこういうことだ。

つまり、人々は最早映画を信じなくなってしまった。早い話が『クレオパトラ』を見にいったとして、誰がエリザベス・テイラーをクレオパトラと思うかね。

つまり、人々は知りすぎてしまったのだ。つまり、人々は映画館へ出かける前に、すでに、いわゆる「パブリシティ」を吹き込まれるだけ吹き込まれている。

だから、彼らは映画を見ても、主役二人のラヴ・シーンに感激する前に、「あの二人は、ああ見えても実はすごく仲が悪いんだって」などと得々と話すようになるのだ。

たとえば、この映画を見にきたお客に、「こうやって見るとシンとしたジャングルだが、この画面の切れたところにはライトが何十本も立って、その後ろの赤と黄のビーチ・パラソルの下では俳優が椅子《いす》に坐《すわ》ってペプシ・コーラを飲んでるんだ」などと考えられたのでは、これは困るではないか。

この映画の背景になっているアンコール・ワットにしてもそうだ。これは、絶好のパブリシティの材料だが、私はあまり大きな比重を置いていない。

私としては、この映画は、ただの密林の中でも充分撮る自信はあるのだ。

だから、心理的に重要な場面は、私はなるたけ室内に持ち込んで、アンコール・ワットを写さないようにした。

観客の眼が、俳優を素通りして背景に集中し、「ルック・アット・ザット・ストーン！」などと叫ばれては困るからね。

ピーター（オトゥール）が、ワン・カットずつドレッシング・ルームに引き上げ、ぎりぎりになるまでセットに現れない、といって悪くいう人がいる。が、この非難は当らない。

ピーターがセットに現れる時には彼はすっかり準備できているのだ。準備ができている、というのはいきなり本番を撮れるということだし、事実、彼の場合は随分ブッツケ本番が多かったと思う。

しかも彼は自分の位置、つまり、ここから歩き出してここで停るというその位置を一度動いて見ると、後は決して間違わない。決められた位置にピタリと決る、まるで機械のようなものだ。これが私やカメラの連中にどれだけ助けになるかわからない。

私がピーターを優遇してしまうのも無理はないだろう。

ラッシュはどうだと皆が私に聞くんだが、ハッハ、ラッシュというのは必ずいいに決ってるんだ。
問題はラッシュをどうつなぐか、ということだけさ。

IV

瑞士
人口二百廿万
佗
利
那
羅馬
人口三百七十三万二千
那波里
リバリ諸島
西音里亜
シシリア
人民二百万人
撒丁
サルヂニア
地中
アドリア海
ヘ子チイホ湾
メッシナ
セーラキュセ
ハスサロ甲
スハル甲

■英国人であるための肉体的条件

一年間靴を買わなかったら、最近、いっぺんに靴がしおたれてきた。

わたくしの好きな靴は、薄いスウェイドで作った、ごく軽い運動靴風のものであって、ある英国の友人にいわせれば、その呼び名は「ドッグ・シューズ」がよいという。

この「ドッグ・シューズ」はヴェニスの「ポッリ」という店でしか売っていない。わたくしは、毎年、何とか都合をつけて六足ずつ取り寄せていたのだが、今では、全員すっかりへこたれて、みんなが「ラッド・シューズ」と呼ぶようになってしまった。

そこで、わたくしは、ヴェニスへ靴を買いにゆこうと思う。なるほど、ロンドンからヴェニスへ靴を買いにゆくのはキザな話かも知れぬ。が、この「ドッグ・シューズ」には、一種の中毒作用があって、禁断症状をもたらすのだ。「ドッグ・シューズ」無しでは、わたくしの「服飾プラン」が完結しない！

そもそも、わたくしの秘めたる憧《あこが》れは英国人のお洒落《しやれ》であった。が、これは肉体的な条件が許さないよ。つまり、英国人的な肉体条件というのがあるのだ。

すなわち、

一、顔の色は、スモウク・サモンのピンクでなくてはならない。

一、髪は、亜麻色、ないし栗《くり》色であることが望ましいが、何よりも大切なことは、その髪の毛が後頭部において耳の穴くらいの高さで一直線に終っていることである。

一、後頭部、ことに首筋のあたりが、ラッキョウ型でありたい。

一、姿勢はあくまで正しい。

一、腰つきががっしりしており、かつ、多少「出っちり」なら申し分なし。

一、脚は上から下まで一直線の、棒状であらねばならぬ。

もし、わたくしが英国人の脚のデッサンを試みたとすると、それは、ただの二本の垂直線になってしまうに違いない。

わたくしの幼かった時分、京都の上賀茂《かみがも》で水練場にかよったことがある。およそ十日ばかりかよった頃、夏休みが終って、われわれは、おのおのの進歩の段階に従って免状をいただくことになったのだが、この水練場の経営者は異常な分類狂であったに相違ない、わたくしに与えられた評価は、「等外三級の乙」というのであった。

つまり肉屋の分類でいえば、ヒレ、ロース、特上肉、上肉、中肉、の下に来る「並肉」ということであろうか。

ハウエヴァ、いずれにもせよ、もし、わたくしが、英国人の脚のデッサンを、図画の先生に見せたとしたら、わたくしのデッサンは必ずや「等外三級の乙」ときめつけられるに違いないのである。

つまり、それ程さように必要な凹凸を欠いているのである。

だから、まあわれわれは、せいぜい、「ブリッグ」の蝙蝠傘《こうもりがさ》を持ち、「ダンヒル」のパイプをふかすくらいで我慢したほうがいいと思う。そうして、そのブリッグの傘も、と、わたくしの畏友《いゆう》、白洲春正君はいう、英国人のように細く巻かずに、ばさばさのままついて歩くほうが安全であろう、と。

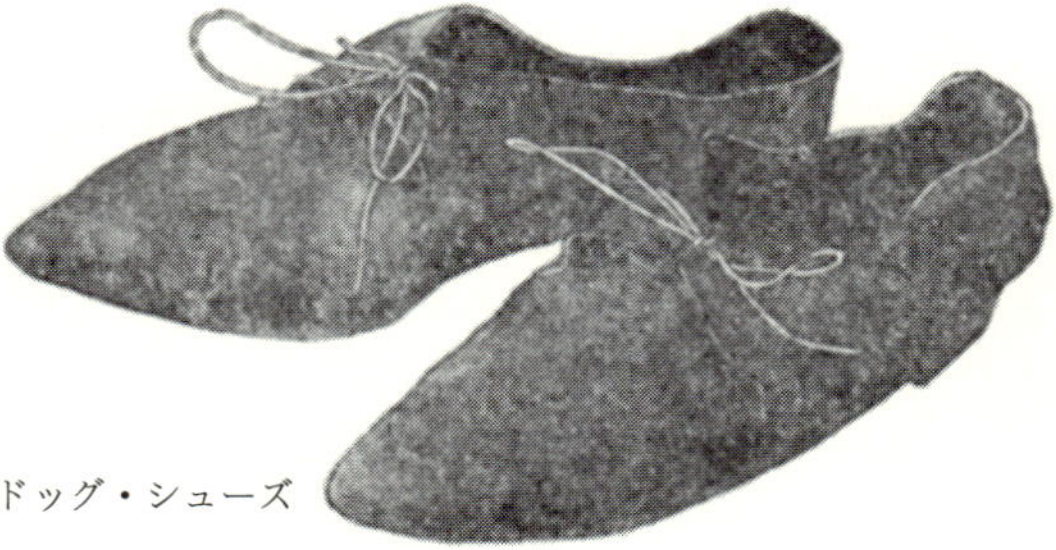

ドッグ・シューズ

つまり、英国の傘を持ってはいるが、それは傘がいいから持って歩いているのであって、英国人になりたいからではない、ということを示すわけあいであろうか。そこへ持ってゆくと、フランスふう、あるいはイタリーふうというのはずっと万人向きである。即ち由緒《ゆいしょ》あり気なところがない。

ロンドンで、例えば濃紺に白のペンシル・ストライプスのビズネス・スーツを着て、ボーラー・ハットをかぶり、タイムズを小《こ》脇《わき》にはさんで歩く、という真《ま》似《ね》は、どんな外国人にも、いや、外国人だけでなく、中流以下の英国人にすら、困難であろうが、横縞《よこじま》のシャツに木綿のズボン、それにドッグ・シューズでヴェニスの街を歩く、ということは少しも抵抗を感じずにやれるのである。

パリにしたって、そうだ。たとえば黒いポロ・シャツの上に、ダーク・グレイのスーツ、胸のポケットに色物のハンカチをさして、半オーヴァで歩く、ということは別に気恥ずかしくないと思うのである。

ただし、こういう恰好《かっこう》をすると、いかにも自分が贋《にせ》のフランス人になったような気がして不愉快だ、ということはある。

つまり、冷たくて、ケチで、不親切で、エゴイストで、即ち一言でいえば、プチブル的、即ち小市民的なフランス人に成り下ったような気がするうえに、自分がその贋物だとしたら、これは浮かばれないではないか。

だから、わたくしは、パリへ行っても、ドライヴ用の手袋とか、スウェイドのコートとか、あるいはカルダン、ディオール、ジャック・ファト、サン・ローランあたりでネクタイを買うくらいのもんです。

ディオールで買った、暗い、淡い、臙脂《えんじ》のペルシャ模様のタイなぞは絶妙だったなあ。これは、ハンカチと組になっていたが、これは間違っても同時に使ってはいけないのだよ。

いや、ヨーロッパではいいのかも知れんが、英国ではまず邪道でしょう。ミドル・クラスのお洒落になってしまう。

■日暮れて道遠し

またぞろミドル・クラスでしつこいようだが、一所懸命に上品ぶろうとしているミッチイ感じ、とでもいおうか。英国で最も注意を要するのはこの点だろうと思う。たとえば、便所のことをトイレットといいますね。これは英国では絶対に使ってはいけない。即《すなわ》ち、これはロンドン郊外の、ミドル・クラスの主婦が、せい一杯上流ぶろうとする時の表現である。

日本でも、いかにも金まわりがよいという感じで、どういうわけかピンクの洋間なんか建て増しているのがあるが、つまりあれなのだ。いや、これは例が良くないが、たとえば「おビール」という感じなのだ。なにしろてんで間違っているのです。

便所のいい方は、ジェントルマンズ（あるいはレイディーズ）ドレッシング・ルームなんぞという掲示が、古風なホテルなんかには出ている。

そういうのから、メンズ・ルームとかジェンツとかいうくだけたいい方、あるいは、ジョンとかルーという俗語まであるが、普通はラヴァトリイでよい。また個人の家ではバス・ルームでよい。

今一つ。これも、日本では、よく間違って教えられていることの一つであるが、男が電話で名前を名乗る場合、「ジス・イズ・ミスター・イタミ・スピーキング」という工合にいう人がいる。

この「ミスター」がミドル・クラスなのだという。「ジス・イズ・ジューゾー・イタミ」が正しいのだという。ああ、語学の道は難きかな。

いつだったか、黒沢明さんに、こんなシーンが撮りたいというお話をうかがったことがある。

そのシーンで、一人の老人が、「日暮れて道遠しという感じですねえ」、としみじみ嘆息する、というのであるが、まさにこれだよ。

日暮れて道遠し、という感じではありませんか。

ハウエヴァ、それはさておき、わたくしはヴェニスへ靴を買いに行こうとしていたのだったな。

この旅行は、わたくしは大名旅行にしようと思う。いや、大名旅行というのは言葉の綾《あや》であって、つまり予算を立てない旅行、とでもいおうか。即ち、自分の一番泊りたいホテルに泊り、自分の一番いいと思うレストランで食事をする、好きな街を、心ゆくまで見物する、どうしても買いたいものがあれば、無理をしてもどんどん買う、ということです。

時に勘定書を見て愕然《がくぜん》とすることもあろうが、そういうことを通じて、物に動じなくなるとすれば、これは安いものではないか。

■イングリッシュ・ティーの淹《い》れ方

さて、ロンドンからヴェニスへの交通機関だが、やはり、これは自動車を使うことになるだろうね。車で旅行、というのからして、既に大名旅行らしくないがこれは仕方あるまい。本当は、ジェイムス・ボンド風に「オリエント・イクスプレス」かなんかを起用したいとこなのだが、まあ、今回は寄り道を愉《たの》しむことにしましょう。

英仏海峡は飛行機を使う。つまり、リド、あるいはサウス・エンドの飛行場から車ごと飛行機に乗っかって、カレーへ飛ぶ。これが約四十分だ。

一台の飛行機に、小さな車なら三台、大きな車で二台、これでどうして採算がとれるのか、むしろ神秘であるが、この「ブリティッシュ・エア・ウェイ」という会社、そのサーヴィスの誠心誠意なこと、まず、わたくしが、世界で一番好きなエア・ラインに属すると思う。さて、英国とはしばらくお別れである。リドの飛行場では、お名残りに、イングリッシュ・ティーを飲もう。

英国式のお茶、というのは即ち、先《ま》ず紅茶を濃く淹れるね。次にティー・カップに冷たい牛乳をそそぐ。その上に紅茶を注いで、濃すぎる場合は熱湯で加減するわけだ。これにお砂糖を入れる。そうして、この順序は、絶対に狂わしてはいけない。ポットは無論暖めておく。牛乳も、冷たくなくてはいけない。コンデンスト・ミルクなんか用いるのは、全く、論外である。ただし牛乳を先に注ぐのがミドル・クラスであるという説もあるが定かではない。

いずれにせよ日本では、なかなか、この味に出くわさないが、わたくしの経験では、ただ一箇所、意外、又意外、羽田飛行場の簡易食堂みたいなところでこの味を再発見したことがある。

いや、ともかく、そういうわけで、リドの飛行場で、二十五円の紅茶を喫してわたくしたちはカレーへ向った。ついでながら、この航路については、ジェイムス・ボンドの、「ゴールド・フィンガー」に詳しい。

■エルメスとシャルル・ジュールダン

カレー、パリ二七五キロ。

この間、ウィムルーという海岸沿いの小さな町で昼食をとる。

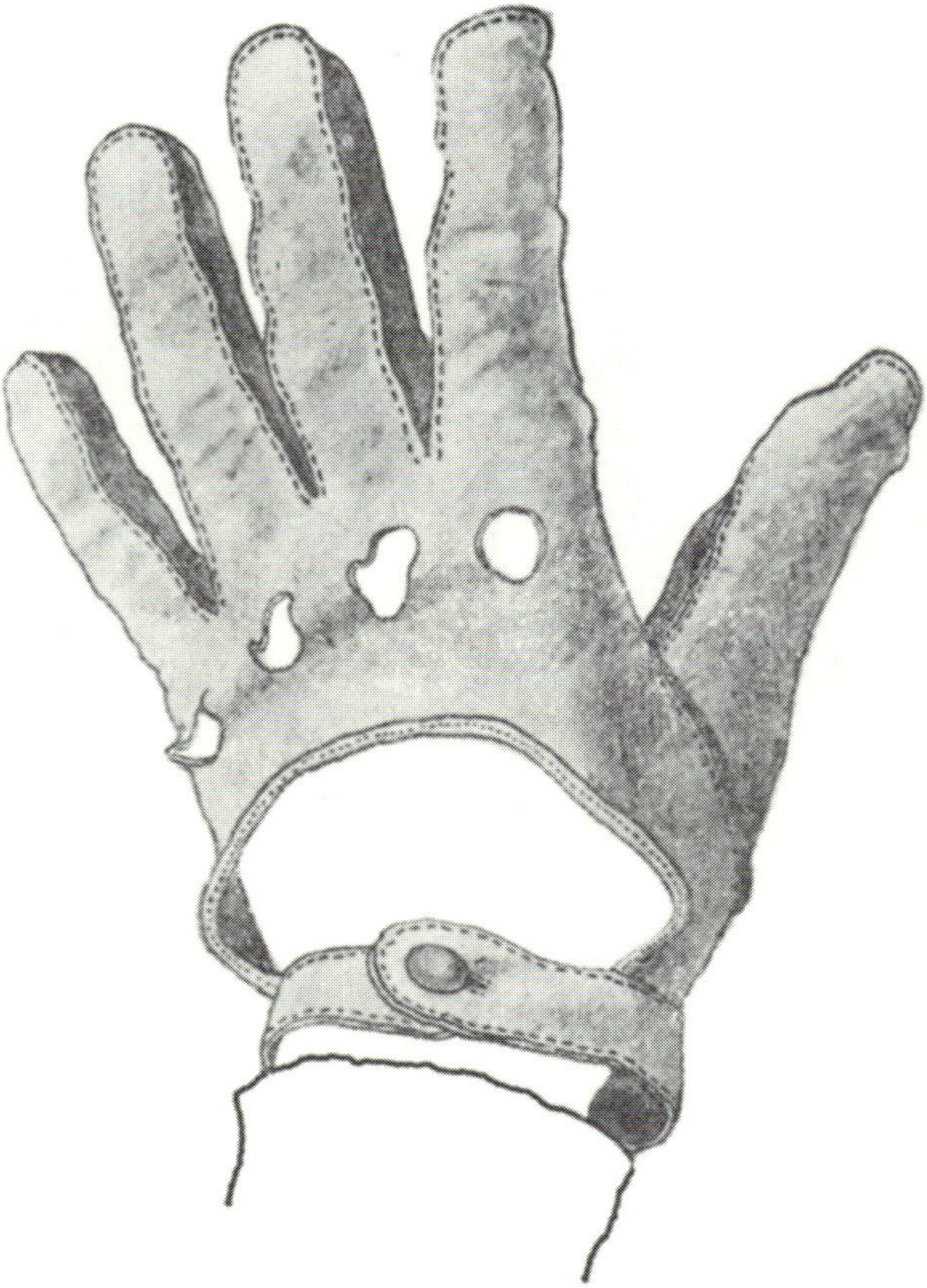

「アトランティック・ホテル」の蟹《かに》のパイ、美味なり。

パリ。

パリへ来るたびに、わたくしは、ドライヴ用の手袋を買うことになっている。シャンゼリゼの、リドのアーケードの裏門に近い男物の店に、絶妙の手袋があるのだなあ。これは、少なくとも六双は買いたい。

その向いが、「エディ」。スウェイドのコートや、アルパカのコートなんかを勧めたいね。まず、わたくしの買物はそんなところだ。

とすると、次はどうしても、「エルメス」と、「シャルル・ジュールダン」ということになってくる。

「エルメス」は、世界で一番いいハンド・バッグの店である。その革は、あくまでもしなやかであり、その形は、単純にして重厚、そうして、絶対に毀《こわ》れない金具の結構というものが、実に心憎いのだ。

これが、まず最低五万円、その代り持った人の気品というものが、はっきり目に見えて高まるもんね。

他の店屋なんかにはいっていっても、エルメスを持っていると扱いが違ってくる。

わたくしは、男物の鰐革《わにがわ》の財布に目をつけたが、これは一桁《けた》違ってやがったね。二十万円というのです。

つまり、そういう「エルメス」のハンド・バッグを持ったご婦人の靴は、やっぱり「シャルル・ジュールダン」ということになってくる。「ジュールダン」の靴の魅力なんぞというものは、これはもう絶妙というより仕方がないのです。即ち、物、その物の魅力なのだ。いやはや、惚《ほ》れぼれするというよりいいようがないよ。

パリへ行く人は、だから、「エルメス」と「シャルル・ジュールダン」だけは忘れないで下さい。いや、パリとは限らぬ。たとえば、香港《ホンコン》でも買うことができる。ただ、香港の品は、たとえば、去年の製品なのだね。だから、

シャルル・ジュールダンの靴

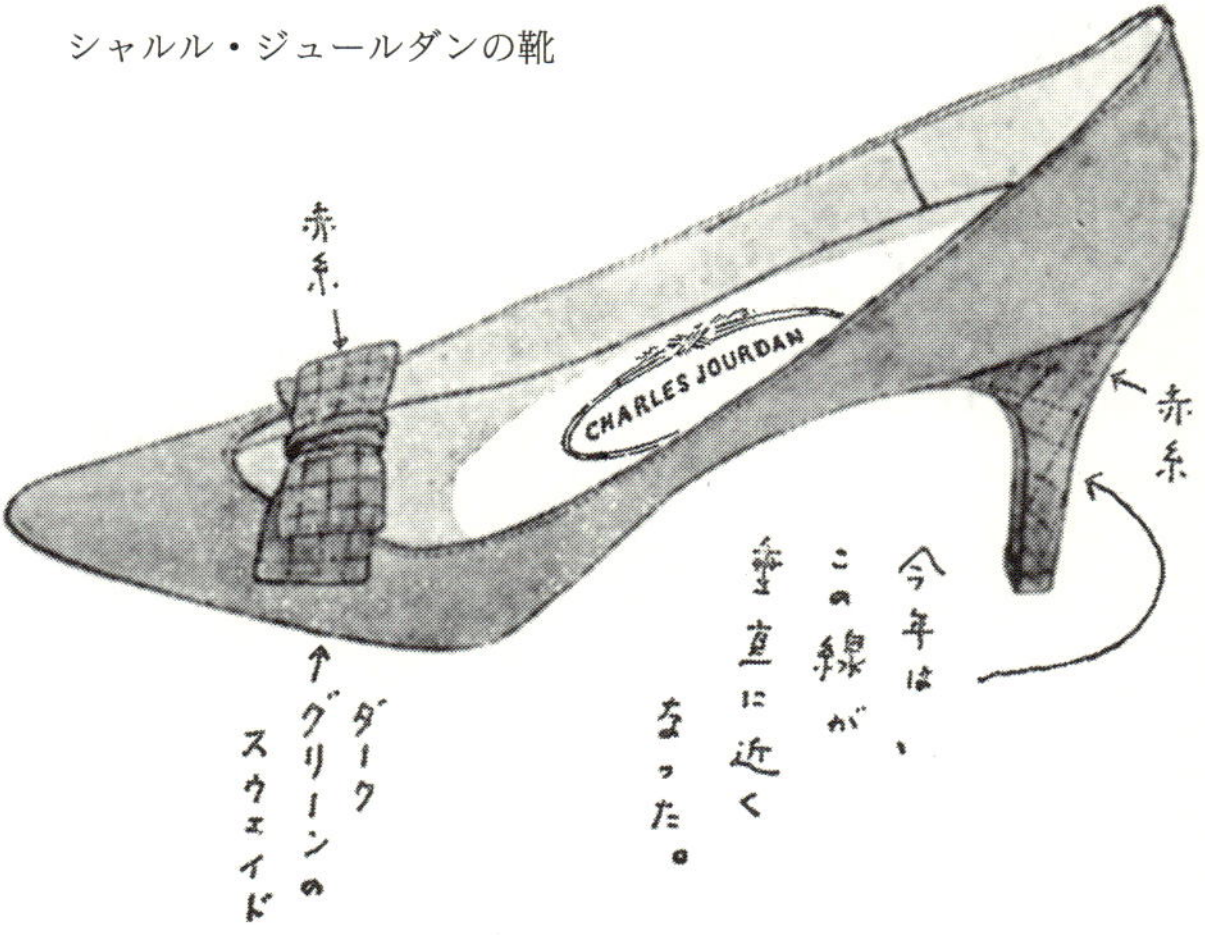

流行っぽいものは駄目だけど、うんと単純な、はやり廃《すた》れのないものなら、香港をおすすめする。

■香　港

話のついでに香港のことを今少し述べるなら、香港では英語が自由に通じるというが、これは好《い》い加減な話だ。エア・ポートや大ホテルや、目抜き通りの商店では、そりゃ通じるのが当り前です。そんなことというなら日本でも英語が自由に通じることになる。

しかし、外人さんが日本へきて魚河岸《うおがし》へ行き、スライスト・ファット・トゥナ・ウイズ・ロッツ・オブ・スパイスてなことをいったとして、これが、トロのうまいとこ、サビを利《き》かして、ということになるのか、ならないのか。

つまり香港を本当に愉しむためには、中国語と日本語と両方を自由に操る、かなり食通の人物を一人必要とすることになるのだが、みんながみんな、そういう知り合いをお持ちとは限らんだろう。

さりとて、また、香港までわざわざ出かけてきた人が、結局、焼きそばとギョウザと日本料理を食べて帰って行くのを、黙って見過すわけにもいかない。

そこでわたくしは、多大の時間と私財を投じて、これが香港のベストだ、というメニューを完成した。近く香港へ行く方はただちにこのページを切り抜くがよい、所定のレストランへ行って、黙ってこの紙片を示せばよいのだ。サテ、

上海料理「大上海」

一、酔雞
一、油爆蝦
一、青椒牛肉絲
一、酔蟹（十月から）
一、炒奴冬
一、砂鍋白菜

北京料理「楽宮楼」

一、海蜇雞絲
一、肉絲拌粉皮

一、干焼冬笥
一、烤鴨子
一、炸醬麵

それから、物価が安い、ということに関連して一言。ともかく安い。二十本入りの外国タバコが六十円、酒でいえばホワイト・ホースが千円ちょっとである。一流のレストランでギョウザ一人前十五個、これがいくらと思う？　ただの百円だよ。

ともかく世界の一流品がなんでもある。婦人靴でいえばシャルル・ジュールダン、ハンド・バッグでいえば、エルメスやグッチ、ライターでいえば、ダンヒルやデュポン、といったものが、日本の何分の一という値段で手に入る。あたかも、世界一流のメーカーが、こぞって「滞貨一掃、出血大見切り特売」というのをはじめた観がある。

それじゃ天国じゃないか、といわれるなら、確かに天国である。タダシ、但《ただ》し、買物は必ず信用のある店でなさってください。外は本物だが、中は真赤なニセモノという、とんでもないロレックスを堂々と売ってる町なんだから。

ところで、信用のおける店といったって、町中が全部店なんだから見当もつけにくかろう、というわけで、次に信用のある店の一例を、僅《わず》かながらあげておきます。

香港側
一、時計＝中華百貨店
一、服地＝老合興行
一、洋品＝"Lane Crawford's" "Mackintosh's" "Wing on Co.,"
一、宝石＝"Cecil Arts Jewellery"

九竜側
一、時計＝"Geneva"
一、洋品＝"Shui Hing Co.,"
一、服地＝"Hansen Tailor"

■三ツ星のフランス料理

さて、フランスに、ミシュランというタイヤ会社がある。そうして、この会社が出している、自動車旅行のための地図と、旅行案内というのは、まず、これ無しに、ヨーロッパを旅行する人がいないといっていいくらいのものでしょう。

またまた、ジェイムス・ボンドで恐縮だが、「ゴールド・フィンガー」の邦訳に、ミシュランが、ミケリンになっているという。これなんかちょっとわびしいのだなあ。ま、このミシュランについては、他日述べさせていただくが、その旅行案内書が、フランス中の主だったレストランを四段階に分類したと思って下さい。

まず三ツ星。即ち、遠路いとわず、訪ねる価値あり。最上のフランス料理、落度の無いサーヴィス。

次に二ツ星。廻り道しても食べてごらん。

一ツ星。その近辺では抜群。

そうして、その下に星無しの大群がくるわけだが、この、最初の三ツ星というやつ、これは、全フランスに九軒しかない。そして、その九軒のうち四軒はパリにあります。即ち、「マクシム」「トゥール・ダルジャン」「ラペルーズ」「グラン・ヴフール」の四軒ですが、こういうところはちょっと敷居が高すぎるうえに、そのなんです、勘定のほうも実に破格である。

その点、地方に点在する、あとの五軒は、大体、宿場という感じの街、あるいは湯治場というようなところにあって、まずその客筋は大半がフリの客である。従って、サーヴィスなども、より公平であろうかと考えられるのです。

だから、今回、わたくしは、パリの外の三ツ星をまず三軒、征服して見ようと思う。

その三軒とは、アヴァロンの「オテル・ドゥ・ラ・ポスト」、ヴィエンヌの「ピラミイド」、タロワールの「オーベルジュ・デュ・ペール・ビーズ」であります。

では、イザ！

という前に、一つ思い出した。

■飲み残す葡萄酒《ぶどうしゅ》

パリの三ツ星の一つ、確か「ラペルーズ」だったと思うのですが、そこである日本人が晩餐《ばんさん》の時に、白葡萄酒を注文したのだが、飲み切れない。つまり、半分くらいも余ってしまった。エイ、勿体《もったい》ないというので罎《びん》ごと持って帰ったという話であります。

これなんかは、いかんぞ。

ともかく自分で金を払った酒である。持って帰る権利は確かにある。

しかし、格式の高いレストランでは、いいお酒というものは、必ず幾分か飲み残しておくのが不文律というものである。そうしたほうがイナセである、というのではない。

レストランには酒番というのがおりますね。たいがいは鼻の真赤な老人です。この酒番に、自分の選んだ料理を告げて相談すると、この料理にはこの葡萄酒、という工合に、いろいろ知恵を貸してくれる。

胸のところに、金属製の、平たい盃《さかずき》というか、つまり紅茶茶碗《ぢゃわん》を平たくした奴《やつ》だ。そいつを吊《つる》していて、つまり、昔は、このコップでお酒の味をきいたという、そういう風習の名残りをとどめている。そんな酒番もレストランによっては、見受けます。

この、酒番の見習い、というのが、たいがいまだうら若い少年なのですね。そうして、酒番を志すからには、ありとある酒をきき分けて、これに精通しなければならんでしょう。

ところが、酒番の教育のために何千フランの葡萄酒をかたっぱしから開けてゆくわけには、これはゆきかねるではないか。

であるからして、お客は、いいお酒をとったら、これを一口二口飲み残して、これを少年のための試供品にするわけだ。将来、優れた酒番が絶滅したら、窮するのは自分達だ、という、このあたりのフランス人の論理というものは、まことに颯爽《さつそう》としていて間然するところがないではありませんか。

オテル・ドゥ・ラ・ポスト（アヴァロン）
オマールのクネール、即ち、オマールは「うみざりがに」、ま、伊勢えびだな。それのクネールというのは「はんぺん」です。美味。ステーク・オー・ポワーヴル。結構。うずらに、フォワ・グラとコニャックで作ったソースをかけた奴。これまた結構でした。
ピラミィド（ヴィエンヌ）
メニューはフィックスだったと思う。色んなパテが四回くらい皿を替えて出て来てそれからおもむろにコースが始まった。
オーベルジュ・デュ・ペール・ビーズ（タロワール）
エクリヴィス、これは、一種のざりがにだが、白葡萄酒と玉葱《たまねぎ》のきいた、薄い味のスープに浸している。冷たい料理であって、手で食べる。
湖を渡ってくる、ひんやりとした風の中で、よく冷えたシャブリ・ムートン（この白葡萄酒がまた絶妙だったなあ）を片手に、山のようなエクリヴィスを平らげる三十分間。
これは、ちょっと、憎かったねえ。

■イタリーびいき

イタリーは美しい国である。旅行案内書ふうにいうなら、「風光明媚《めいび》」である。

イタリーを思うことは、たとえば、遠く過ぎ去った夏を思うに似ている。常に陽がさしているのだ。底ぬけに明るい陽の光が、いつもいつも満ち満ちているのです。空が、トロリと青い。風が吹いて、樹々《きぎ》の葉がきらきらと光る。葡萄の畑、オリーヴの丘がなだらかに、ゆるやかに起伏する。いかにも「粛然」という面持ちで、くろぐろと直立しているのは、あれは糸杉である。

家々の、クリーム色の古い壁、その浅い屋根の、煉瓦《れんが》色のつらなり。しんとした村の広場には背の高い、四角な塔が濃い影を投げているだろう。黒ずくめの老婆《ろうば》がひとり、杖《つえ》にすがって、日の中を渡って行くのだって見ることができるに違いない。

それに、わたくしは、イタリーの都会だって大好きだよ。

茶や、青のサン・グラスをかけた男たち。白や、ベージュや、カーキ色の軽い背広を着た男たち。袖《そで》を通さずに、上衣を肩に羽織っている男たち。軽い靴をはいている男たち。イタリー式の大きな身振り。さも重大そうに商談してるやつ、子供だましの単純な冗談に笑いこける奴を見るのも愉《たの》しいなあ。

トランプ手品が得意な親爺《おやじ》、なんていうのがやってる、きたならしいレストラン。その葡萄棚の下で食べるスパゲッティなんかもいいもんだ。まわりの建物の窓には、おしめが一杯ひるがえって、でも、料理も天下一品、何のいうところがあろうか。フロントからボーイまで、白い制服できびきびと立ち働く、大理石の宮殿のようなホテル、あれもいいし、珍しい英国の車なんかで乗りつけると、無邪気な大人たちがぞろぞろ集ってくるガソリン・スタンド、あれもいいよ。

素敵に綺麗《きれい》な女の子が、地味な服装で、さも深刻そうに足早に歩いてくる。そういう女の子とすれ違うビルの谷間もいいし、白と赤、青と白、青と赤、赤と緑、色とりどりの横縞《よこじま》のシャツを着た、半ズボンの子供達が、一斉に自転車で走りまわる、町はずれの団地の大通りもいい。

■キリストさまたちとマリヤさまたち

ともかく、すべてよろしいわけでありますが、わけても、イタリーという国は古寺巡礼の国なのだ。絵と教会の国なのだ。

大伽藍《がらん》のある町、小さな円形の教会のある村、塔の美しい村、円形劇場の残っている町、古い宮殿のある町、そういう村や町が、車で、およそ一時間、二時間の距離をおいて、イタリーの美しい風土全体にちりばめられている。これは愉しいではありませんか。

そうして、行く先々に絵がある。壁画がある。ジオットがある、ダヴィンチがある、ミケランジェロがある、ラファエロ、フラ・アンジェリコ、ティシアン、ティントレットがある。ベスト・メンバー時代きたる！　という感じではありませんか。

もっとも、わたくしが一等好きな画家は上記の中にはなく、シモーネ・マルティーニ、ピエロ・デラ・フランチェスカ、ピサネロ、ジェンティーレ・ベリーニ、この四人であります。

何ゆえ、この四人が好きかというに、いや、わたくしは、絵に関しては全くの素人《しろうと》でありますからして、わたくしのイタリー絵画論なぞは実にインチキきわまるものであるかもしれん。しかし、わたくしとしては、次のように信じているわけだ。

そこで、何ゆえ、この四人が好きかというに、この四人は、実にいい顔を描く、ということが一つあるな。

いい顔が描けるか描けないかということは、この時代の画家にとっては決定的なことであると思うのです。当時の絵というのは、いわば叙事詩のようなものであるから、まず必要なものは、具体的な描写でしょう。

次に、あるエピソードを、どういう道具立ての中で物語るかという、つまり視覚化するかという、微に入り細をうがつ想像力が必要になってくるね。

その点、同じテーマをいろんな画家が描いている、たとえばキリストの降誕とか、受胎告知なんか、これは較《くら》べて見ると実に面白い。受胎告知の場合、たいがい、マリヤさまが椅子《いす》にかけていらっしゃる。右か左に、ひざまずく天使を配し、どこかに必ず百合《ゆり》の花があるわけですが、基本的にはそうなのですが、これは実に千差万別だね。

舞台が妙にガランとして、廻廊みたいなところだったり、あるいはまた部屋の中だったり、それにまた、その天使の羽根の生え工合、あるいは衣裳《いしょう》、そうだ、シモーネ・マルティーニのでは、天使の衣裳がタータン・チェックみたいな布地だったなあ。あれなんか、当時としては、実にハイカラな、高級な生地だったのでしょうねえ。

それから、犬や鳥なんかあしらったり、どういうわけか、変な虎猫《とらねこ》みたいなのが、こっち向きに坐《すわ》っているのもあったっけ。

それからまた、キリストが降誕する、そこへ行列がやってまいりますね。あれなんかでも、知識が拡《ひろ》がるにつれて、駱駝《らくだ》とか豹《ひょう》、それに手長猿なんぞと、まあいろいろな動物が行列にはいってくる。

登場する馬なんぞも、初期には横向きや、斜め向きだったのが、ある時期になると、真うしろとか、真正面なんか向いた馬がはいってくる。つまり、当時はこういうことがリアリズムだったわけだなあ。

それから、再び顔の問題だが、やっぱり登場人物が、キリストとか、聖者とか、英《えい》邁《まい》なる君主であるからして、立派な顔の描けない画家は、それだけで失格なのだと思う。

顔というものは、どうしても画家の品性を反映してしまうから、やはり、いい顔を描いた画家というのは、人間としても立派な人だったのでしょうね。

ま、それにしても、やはり、一番難しかったのは、幼時のキリストの顔だったのではありますまいか。美しく、威厳があって、しかも、あどけない幼児だというのだから、これはさぞやむつかしかったろう。無論モデルなんかいるわけもないよね。まず大体全員が失敗してるのだ。ひねこびてしまって、醜悪見るに耐えず、というのが大方なのである。

いやはや、ヴェニスへ「ドッグ・シューズ」を買いに行く筈《はず》が、えらく話が横道にそれてしまった。以下簡略ながら。

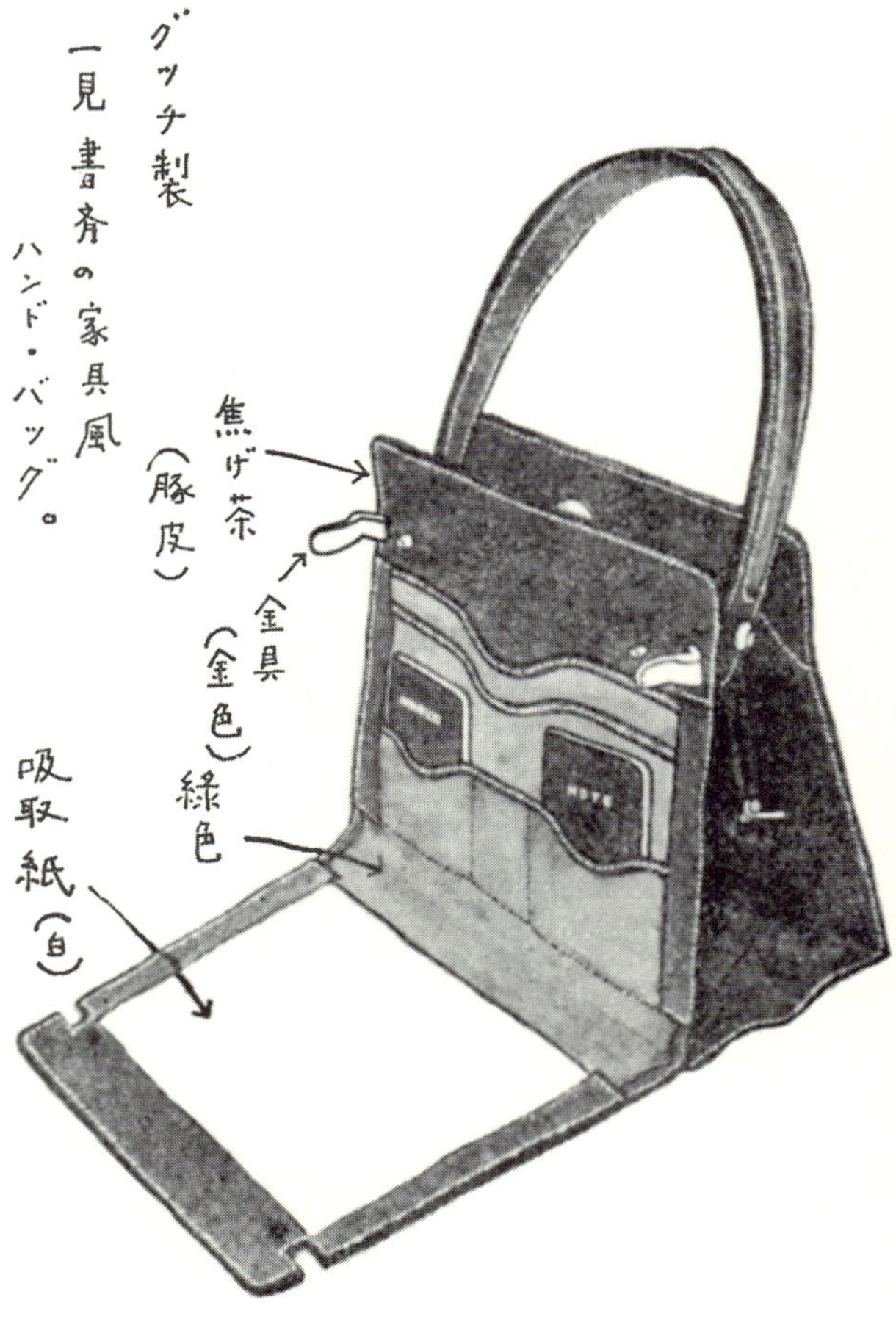
グッチ製
一見書斉の家具風
ハンド・バッグ。
焦げ茶
（豚皮）
金具
（金色）
緑色
吸取紙
（白）

ホテル。ヴェローナのドゥエ・トーリ、ヴェニスのグリッティ・パレス。

レストラン。ヴェローナのドーディチ・アポストリ、ヴェニスのフェニーチェ。

北イタリー横断中、見るべきものは数多くあるが、最小限にとどめれば、ミラノのブレラ美術館。ベルガモの中世の町。ヴェローナ、サンタ・アナスタシア教会のピサネロ。ヴィチェンツァのパラディィオの劇場。パドヴァのジオット。ヴェニス、これはもう町全体だね。

それに買物は、グッチのハンド・バッグ、ポッリのドッグ・シューズだ。

では、みなさん、いってまいります。

■スパゲッティの正しい食べ方

「みんな、非常に急いで、深刻な様子で、スパゲッティを食べていた。フォークに乗せたスパゲッティの、垂れさがった端が、すっかり皿から離れるまで高く持ち上げてから、口のほうへおろしてくるものもあれば、またある者は、絶え間なくフォークをあげさげして、スパゲッティを皿からじかにすすり込むのであった」

ヘミングウェイの『武器よさらば』第二章の中の一文です。

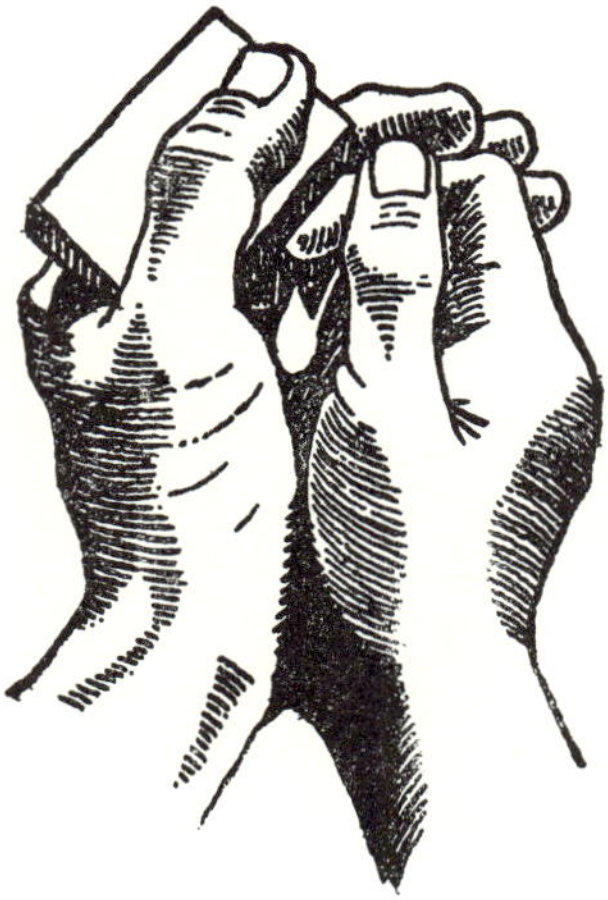

文章における真実、描写力、実在感、要するにアクチュアリティというのは、こういうことをさしていうのではなかろうか、と思うのですが、今とりあげようとするのは、そのことではない。スパゲッティの正しい巻き方、についてなのです。

さて、簡単な練習を、短時間に行なうことによって、困難がすっかり除かれる、といった事柄があるものです。

たとえば、強い風の中でマッチをつけることは、人生において比較的困難な技術に属するのではなかろうか。だれしも、最後に残った三本のマッチを、全部風に吹き消された、ひそかな記憶を持っているに違いない、と思うのです。

しかし、こんなことは、強力な扇風機の前でマッチを一箱くらいすってみるつもりさえあれば、完全に解決する問題だ、ということをわたくしは知っている。

いささか、落語の『あくび指南』めいてきますが、炎をまもるため、両手をどんな風に閉じるべきか。マッチを擦った直後、両手がいち早く、理想な形で炎を囲うためには、マッチ箱をどんなふうに持つべきか。また、マッチの軸の正しい持ち方および擦り方、とはどういうものなのか。

僅《わず》か十分間の練習ののち、わたくしは、これら諸問題のすべてに通暁《つうぎょう》し、今や、吹き荒ぶ風の中でマッチをつけることは、わたくしにとって快楽以外のなにものでもない、とすらいえるのです。

全くのところ、名刺の肩書きに、「強風下におけるマッチの正しい使い方評論家」という一項をふやしてもいい、とすら思っているのです。

スパゲッティはいかに巻くべきか、ということに関しても同じことがいえると思う。スパゲッティは、無論、右手に持ったフォークで、くるくる巻いて食べるのが正しいのですが、だれでもこのことを知ってる割に、これが完全にできる人が意外に少ない。

みんなヘミングウェイになってしまうのです。

フランスにミシュランというタイヤ会社があって、そこのドライヴ・マップと旅行案内書は最も権威あるものとして知られていることは前に述べましたが、そのイタリー篇には、スパゲッティの巻き方について、イタリー旅行する外国人たちに次のように警告しています。

「スパゲッティを食べる時、決してナイフを使ってはならない。フォークを右手に持ち、スパゲッティを、最大限二、三本ひっかけ、ぐるぐる廻し、巻ききってから口に運ぶ。最初にとるスパゲッティの量が多すぎると、巻いているうちにどんどん大きくなって収拾がつかなくなる。」

欧米人にとってすら、これは大問題なのです。まして日本人は、もう一つ重大なハンディキャップを背負っている。

つまり、日本では、麺類《めんるい》は、つるつると音を立てて吸い込むのが当然とされているが、外国ではこれが、非常な無作法、度外れた育ちの悪さ、ということになる、ということです。

だから、わたくしは、海外へ旅行する若い人々に忠告したいと思う。すなわち、くれぐれも日本のお年寄りとスパゲッティなんかつきあってはいけない。あなたの社長なり、専務なりが、ヘミングウェイ風のダイナミックな一すすりを試みた瞬間、まわりが急にシンと静まって、あなたのテーブルは満座の注目をあびる、ということになるのです。

要するに、ごくひそかに吸いこむ音すら、絶対に許されないのだ、ということを前提として話を進めましょう。

スパゲッティを音もなく食べる、ということは、さほど困難な問題ではない。要するに音を立てるか立てないかということはどの程度まで完全にスパゲッティを巻くかにかかっているのです。完全といっても、大体においてまとまっていれば、巻ききれなかった短い端が三、四本ぶらぶらしていても、一向に問題ではない。

それでは練習にうつる。

まず、イタリーふうに調理したスパゲッティの前にきちんと坐る。

スパゲッティとソースを混ぜあわせたらフォークでスパゲッティの一部分を押しのけて、皿の一隅に、タバコの箱くらいの小さなスペースを作り、これをスパゲッティを巻く専用の場所に指定する。これが第一のコツである。

スパゲッティの一本一本が、五十センチもある場合は、本当に二、三本くらいだけフォークに引っかける。日本式のコマ切れスタイルなら七、八本は大丈夫だろう。

さて、ここが大事なところよ、次に、フォークの先を軽く皿に押しつけて、そのま

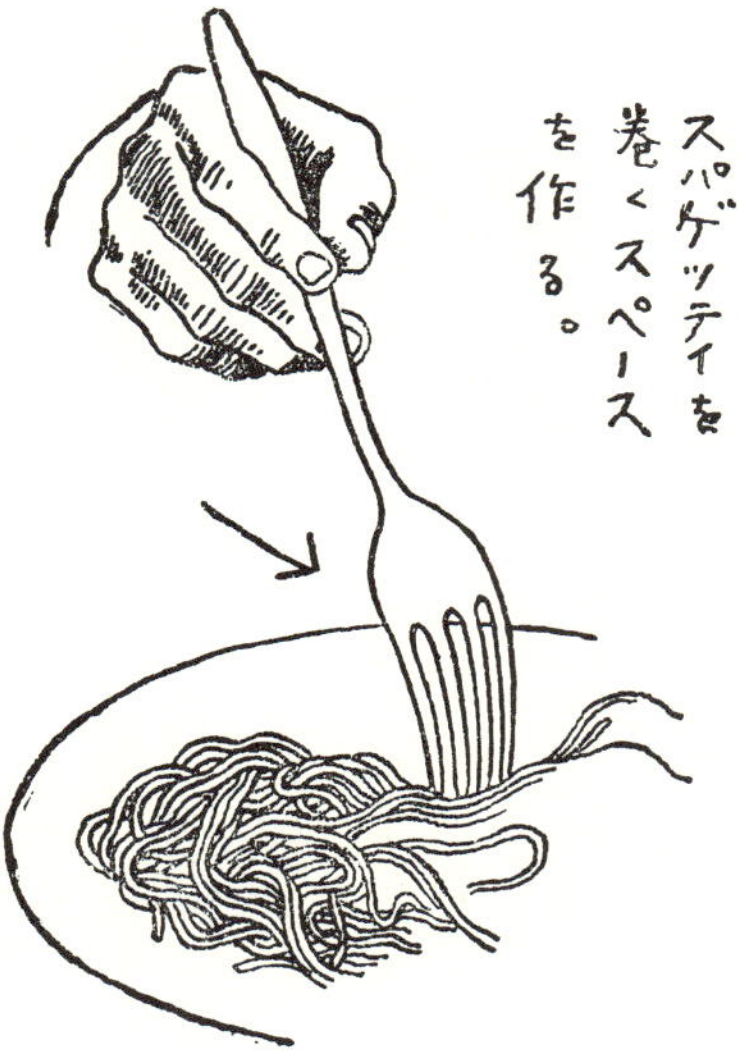

ま時計廻りの方へ静かに巻いてゆく、のです。

そして、フォークの四本の先は、スパゲッティを巻き取るあいだじゅう、決して皿から離してはいけない。これが、第二のコツである。

フォークの先を皿から浮かすと、ホラ、巻いてるうちに、最初に拾った以外のスパゲッティがどんどん縺《もつ》れこんできて、おしまいに皿中のスパゲッティを、全部一巻きにしようとしてるみたいな工合になってくるじゃないの。失敗したと思ったら、すぐやり直さなきゃだめだよ。

左手にスプーンを持って、スプ

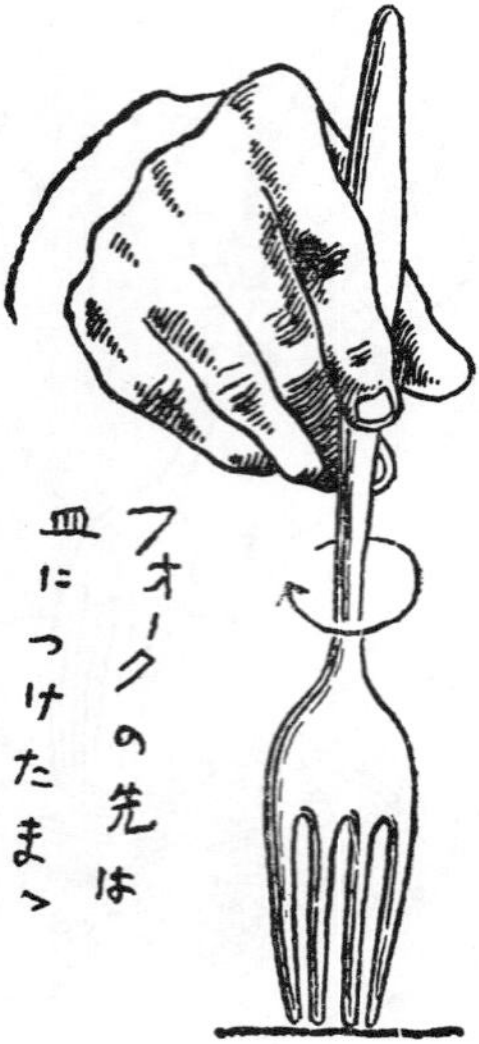
フォークの先は
皿につけたまゝ
時計まわりに巻く。

ーンの窪《くぼ》みへスパゲッティを巻きとる方法もある。あまり粋《いき》とはいえないが、イタリー人でも人によるとこれをやってるから、違反ではないでしょう。このほうがうんと楽なわけなのですが、原理は全く同じ、フォークの先をスプーンから離さなければよいのです。

さて、あなたは今、スパゲッティを完全な紡錘形《ぼうすいけい》に巻きあげて、ほとんど芸術的、といってもいい悦《よろこ》びを感じています。

あなたは、その芸術品を静かに口に運び、音もなく味わう。

そこで、先ほどのヘミングウェイの後を続けようではないか。

「そして、その間も、みんな苞《つと》づつみのガロン罎《びん》からワインを注いで飲んでいた。罎は、金属製の揺り籠《かご》にのせられていて、グラスを持った手の人さし指で罎の頸《くび》を引きおろすと、明るい赤色の、渋味もある、気持ちのよいワインが、グラスに注がれるのであった」

■ふたたびパリ

大江健三郎より書簡。

来年の六月に子供が生まれる由《よし》。子供の名に、戸祭などはどうだろう、という。苗字とあわせて大江戸祭になる、というのだ。ふざけた男である。

わたくしも、いよいよ麴町《こうじまち》の伯父さんになるわけだが、わたくし個人としては、やはり姪《めい》にしてほしい。

かつてマラルメがしたように、わたくしも、小さな姪に仔馬《こうま》とヨットを贈るため、一夏苛酷《かこく》に働く、なんて、いつか是非やってみたいような気がするのだ。

■注意一瞬、怪我《けが》一生

フランスでは、スクーターや単車の後の座席に便乗する時、横坐《ずわ》りに坐ってはならないという法律があるのだそうです。考えてみればイギリスやイタリーでもそうだったのかもしれない。スカートをはいた御婦人でも、必ずちゃんと跨《また》がってたものね。

これは、大変にいいことだと思う。

日本で田舎の方へドライヴに出ると、よく親子三人でオートバイに乗ってるのを見かけるでしょう。

お父さんが運転して、お母さんは、ねんねこ半纏《ばんてん》かなんかで赤ちゃんをおぶって、後に横坐りで乗っている。お母さんは、大きな黒いビニールの手提袋かなんかをしっかり持っていて、お父さんには、あんまりちゃんとつかまっていないみたいに見える。

どうしてお母さんは跨がって乗らないのかね。恥ずかしいのかね。近所やお姑《しゅうとめ》さんに何かいわれるのがいやなのかね。もしそうだとしたら、お母さん、あなたは恥ずかしさや気兼ねから子供の命を危険にさらして平気なのかね。

なにかのはずみでこの母子がふり落されて、仰向きに墜落でもしたら、赤ちゃんは十中五ぐらいの割で死んじゃうんじゃなかろうか。そんなことは百万回に一回くらいしか起り得ないというのかね。百万回に一回でも、その一回にぶち当ったら、これは百パーセントと同じことではないか。

これは最早《もはや》無神経というものではない、ほとんど犯罪といってもいいのではなかろうか。

一体に日本人は危険に対して無神経であり過ぎる。つまりこれは想像力が無いということなのだろうか。

わたくしは、ドライヴァーとして発言するのだが、車というものは実におそろしいものだと自分自身思うのです。車が凶器だ、というのは全く本当だと思う。

たとえば、雨の夜道なんて、われわれはほとんど何も見えないで運転しているのです。前方から来る車のライトが、アスファルトの上に、光の縞《しま》模様を作っている、その上を時たま、かすかな黒い影がちょっとかすめたような気のすることがある。それが歩行者だったり、自転車だったりするのです。

反対側のトラックとすれ違う時なんか、ヘッド・ライトがちょうどこちらの目の高さを通過するから、ギラギラと輝きながら接近する二つの白い光源を除いて、世界は、一瞬全くの暗黒と化してしまう。

一瞬とはいっても、車はその間何十メートルも走っているでしょう。しかも、普通、ドライヴァーというものは、車とすれ違う時、本能的にそちらのほうを注意してしまうのです。道路の端の方の暗闇《くらやみ》に目を凝《こ》らしたりはしない。よしんば目を凝らしたってなにも見えやしない。じゃあ危険じゃないか、というのかね。非常に危険です。危険ならブレーキを踏めばいいじゃないか。ところが絶対に踏まないのです。何故《なぜ》かは知らない、ともかく、すれ違うたびにブレーキを踏むなんて見たことがないのです。

だから、その暗闇の瞬間、三人くらいの歩行者が肩を並べて歩いていたらどうなるか。運転者には全く見えないんだから、よけもしないではねとばされるよ。

明るいヘッド・ライトの中にいるから相手には見えているんだろうという考え方、見えれば当然スピードを落すだろうという考え方、これは、今すぐ、この場で改めてもらいたい。

よく夜のハイウェイなんかで、巻いた晒《さら》しを見せるためアロハ・シャツの前をはだけ、どういうわけか決ってゴム草履なんかはいた兄さんたちが五、六人、行き交う車を全く無視してゆっくり横断していることがある。

彼らにしてみれば、俺さまたちのお通りだという気分で、運転手が俺たちを見れば徐行するだろうと思っているのでしょう。しかもこれは、はたから見ればえらく危険なことのように見えるだろうという計算もあるのでしょう。

ところが冗談じゃない、これは本当に危険なことなのです。結果的にみて彼らは本当に命を賭《か》けているのです。自分たちで知らないだけだ。

道路照明のない夜道で歩行者が確認できるのは、ほんの目の前へきてからなのです。もし、この時ドライヴァーが、ラジオの調整に気をとられていたり、煙草《たばこ》に火をつけようとしていたり、あるいは恋人と眼を見交していたりしたらどうなるか。

きみたちがいくら肩で風を切って、車の方へ凄《すご》みながら歩いてたってなんにもならないではないか。

それから自転車も危い。実に危い。自転車の後についている赤い反射鏡なんて、全く見えたためしがないのだ。

これで、事故がおきないわけがないのです。にもかかわらず、だれしも初めて事故を起すまでは無事故なわけでしょう。そして、だれしも交通事故を防ぐために運転しているものはいない、目的地へ着くために走っているのです。ということは、今までこの程度の運転で安全だったのだからという安心感から、危険に対する許容度が、かなり甘くなった状態で運転している、ということになるのです。

実は、今まで安全だったのではない、運が良かったに過ぎないのだ、ということに気づいていないのです。

要するに、運転者を信頼してはいけない、ということです。車にはだれも乗っていないと思えばよいのです。どんな車でも、だれも乗っていないと同じ状態になり得る時間があり、その一瞬事故が起きるのです。

運転の上手下手なぞなんの関係もない。たとえば、非常に安全な運転をしている人が、実に下品で、横暴なやり方で自分を追い越してゆく車に一瞬気をとられて歩行者をはねたとしたら、これはやっぱり無人自動車ではありませんか。

突然出てきた自転車を避けるため、急にブレーキを踏んだら、車がスリップして歩行者をなぎ倒したとしたら、これもやっぱり無人自動車ではありませんか。

さて、自動車が無人であるという前提に立ってみれば、尾灯のない自転車で夜道を走ったり、歩道のない道路で二、三人肩を並べて歩いたり、道を半分横断して、センター・ラインのあたりで反対側の車の切れ目を待つようなことが、ほとんど狂気の沙《さ》汰《た》に近いということが、今や明白になったのである。

■ジャパニーズ・トマト

「ジャパニーズ・トマト」というのを食べたことがある。

マドリッドの郊外で、あれは、真夏であった。ポーランド人のプロデューサーの別荘に招《よ》ばれまして、広い広い芝生の庭の、瓢簞《ひょうたん》形のプールで泳いだり、真っ白い、素敵なアフガン・ハウンドと遊んだり、まあ、全く無内容な時間を過したのだが、そのあいまあいまに飲んだカクテルのおつまみが、この「ジャパニーズ・トマト」であった。

日本より直輸入、という意味ではない。それはそれは小さいトマトでありまして、まず、あれは大体卵の黄身くらいの大きさでありましたでしょう。

このポーランド人が、小さな農園で作らせているというのですが、スペインの夏の強い日光が、そのまま金色の球になったような、それはそれはおいしいトマトであった。

その後マドリッドの「ジョッキイ・クラブ」というレストランでもこれを出すことを発見したが、このレストランは、マドリッドでは最高級の部類に属するから、多分、「ジャパニーズ・トマト」はかなり凝ったおつまみなのでありましょう。

それにしても、日本のトマトは年々まずくなってゆくのではありますまいか。

昔のトマトは――わたくしが子供の時分食べたトマトは、そもそも、今のトマトみたいに染めたようなくれない色ではなかったよ。まだ黄色のとこや、緑のとこなんかある時分に畑からもいでくるだろ。そいつを井戸水で冷やしたり、あるいは、バケツに水道の水を出しっぱなしにして、そこへプカプカ浮かべて冷やすのだ。そういうやつは皮なんか厚くって、おしりのヘタのところからは決って放射線状に罅《ひび》なんかはいっていたものだ。

そいつを、ああ、考えるだけでもうまいではないか。夏木立の、体が染まるような緑色の照り映えの中で、丸ごと齧《かじ》るのだ。

しかるに何ぞや。東京で食べるトマトなんて、あれは一体何だろう。色ばかり食紅みたいで味も香りもありはしない。しかもこれを冷蔵庫で冷やして、冷房の中で食べる。第一トマトに対して失礼ではないか。

そのように思えてならないのです。

一体に、外国の食物は、大味でまずいという。確かにそういうことはある。

きゅうり、なす、葱《ねぎ》、大根、なんか、つまり、日本人にとって、日本にオリジナルのイメージのあるもの、これは確かによくない。

ことに、きゅうりなんぞ、一尺も二尺もある上に、皮は、あたかも西瓜《すいか》の如《ごと》く、つるりとして光沢があり、色も濃い緑色である。肉は種が多く、あくまで水っぽい。確かに、これは瓜《うり》の一種だ、という気になってまいります。

なす、なんぞも、ちょっとビールの小びんくらいもある大ぶりのもんだ。こいつのしぎ焼きを二つも食べると、もうおなかが一杯になってしまう。

また「ジャパニーズ・トマト」と逆に、豊富な日光が、かえって作物をスポイルする場合もありますな。すなわち、ギリシャの葡萄《ぶどう》のような場合である。こいつは甘くて食べられないよ。

山梨県に、葡萄の砂糖漬、みたいなお土産があったと思うが、まさにあれなのです。強い日光で煮つまってしまうのかねえ、この甘さというのはすさまじいものでありました。

■スモウク・サモン

しからば、ヨーロッパにおける、日本的な味覚というのは何であろうか。即《すなわ》ち、素材そのものの美味を、百パーセント生かした珍肴《ちんこう》はなんぞや。

イギリスに、まずスモウク・サモンがあるね。スモウク・サモン、すなわち、鮭《さけ》の燻製《くんせい》であるが、例のイカクン（通称、輪ゴム）やピーナッツと一緒におつまみに出てくる奴《やつ》ではないよ。

あれは、低い温度で長時間燻《いぶ》した奴だ。これを冷燻というね。

今ここに「スモウク・サモン」というのは、スコットランドの鮭を、ある特定の硬木のおがくずで、短時間、高温で燻すのだという。こいつは、実に刺身の如く柔かである。

レモンを絞って、クレソンのサラダを添える。ブラウン・ブレッドのバター・サンドウィッチを一寸角くらいに切った奴を添えるもよかろう。なかなか高価なもので、千円くらい買って来ても、一息でペロリと平らげてしまう上に、店によって当り外れが大きい。わたくしの知る限りでは、ロンドンのバークレー・スクウェアのすぐ近く、ディヴイス・ストリートの八百屋で買うのが、いつも一等安定しておいしかった。

ロンドンでは、鮭の切り身を買ってきて、塩鮭なんかも作ったな。なあに、鮭の切身に塩を振って一晩おくだけのことだが、こいつ、焼いて食うと、結構日本の味であった。

ただし、皮は食べられない。いやはや、これは味もそっけもないのです。フランスでも、イタリーでも、「鮭のムニエル」なんていうのをメニューで見ると、つい注文してしまうのだが、絶えて皮のうまかったためしがなかったのはあわれである。

■三船敏郎氏のタタミイワシ

外国へ行く人は、食べものはどうするのかな。洋食を食べる。御飯のかわりにパン、お茶のかわりに、珈琲《コーヒー》や、紅茶を飲む。というのは一体、どういう気持ちだろう。我慢できるものだろうか。それとも、意外に、何ていうこともないのかも知れぬ。その辺の見通しが曖昧《あいまい》なまま、わたくしは、最後の寿司《すし》を築地《つきじ》で食べて、飛行機に乗り込んでしまったわけですが、ヨーロッパを旅して廻っている間の生活は、テンポも早く、変化に富んでいましたから、西洋料理が三カ月や四カ月続いたって、どうというものではない。

また、旅をしないで、一つの町に何カ月も滞在する時はアパートを借りて自炊するわけだから、大体において好きなものが食べられる。たとえば、スペインのヴァレンシア印というお米なんか、日本のどんなお米よりもおいしいと思われるし、パリにはキッコーマンのお醤油《しょうゆ》も売っている。また、皮が真黒な大きな蕪《かぶ》で、大根と同じ味のものがある。葱、茄子《なす》、白滝、そう麵《めん》、は似たようなものが存在する。鰯《いわし》を買って来てバルコニーに並べ、丸干しを作ったこともあります。まあ、そういったわけで、わたくしたち夫婦は、冷そう麵、すき焼き、天ぷら、親子丼《どん》、カレー・ライス、とんかつ、といったものを、ヨーロッパで半年間食べ続け、たまには、四合が千円ちょっとする白鶴《はくつる》を買って、一本つけたりなんかもしたのです。

ところが、そこまで追求しても、まだ不平満々なのですね。友達が集まると、これはどうしても食べ物の話です。味噌汁《みそしる》の話、お茶漬の話、漬物、魚、野菜、おにぎりの話、白菜が食べたいねえ、お豆腐なんて自分で作れるんじゃないかしら、寿司が食べたい、そうそう、トロなんていうものがあったっけなあ、蕎麦《そば》もいいねえ、ザル、モリ、とろろソバ、今、春菊なんかうまいよ、すき焼きに入れてさ、そうそう、芹《せり》もいいんだよ、君んとこはすき焼きに芹入れる？　いや芹は入れたことない、お餅《もち》は入れるけどね、うん、あれはうまいよ、でもお餅は太るからなあ、などと情熱を込め、夜を徹して語る、ということになるのです。

ある時、ヴェニスのリドで、エクセルシオという、超豪華なホテルに泊まっていますと、三船敏郎さんが、夜中にジョニー・ウォーカーの黒札と、どういうわけかタタミイワシを三枚持って、フラリとわたくしたちの部屋に現われました。しかし、タタミイワシを焙《あぶ》ろうにも道具がありませんし、深夜、イタリー人のボーイを呼びつけて、彼らにとっては得体の知れないタタミイワシを焙らせる、なんていうのは、いくらなんでも、気恥ずかしいじゃありませんか。

結局、三船さんが、ちり紙を捻《ひね》って火をつけ、それでタタミイワシを焙る、ということになったのですが、これは奇妙な光景でしたよ。夏も終わりに近いヴェニスの夜《よ》更《ふ》け、リドの格式高いホテルの一室で、クリーネックスは音もなくオレンジ色の炎を出して燃え、香ばしい匂《にお》いが一面にたちこめたのです。そうして、煤《すす》けたタタミイワシを肴《さかな》にジョニクロを飲む、グレイト・ミフネと数人の日本人たち。豪華なような、わびしいような、心の捩《ねじ》れるような思いをしながら、わたくしは遠くまで来てしまったな、とつくづく思ったのでした。

■キング・クラブ

マドリッドの、「オガール・ガジエゴ」というレストランの「キング・クラブ」、これはかなり大きな蟹《かに》でありますが、これほど結構な蟹は、日本でも滅多にお目にかかれますまい。

単に薄い塩味で茹《ゆ》でてあるだけで、無論、ポン酢なんかあるわけもないが、そのうまいこと。ことに鋏《はさみ》なんかのうまいこと。十一月から五月くらいの間にマドリッドへいらっしゃる方には、強力に推薦したいのです。

フランスで一番日本的なものは、矢張り、生で食べる、かき、はまぐり、うに、なんかでありましょうか。レモンで食べる。タバスコなんかちょっと振る奴もいる。日本の、たとえば酢がきなんかとは全く違った味わいである。第一、姿もうんと小ぶりで、味も実に細やかなもんだ。「シルヴァネール」みたいな、これは辛口の白葡萄酒が、いかにもぴったりと味を引きしめる。

パリで、日本人がよく泊る「カリフォルニア」というホテル。ここは、料理は全然論外なのだが、バーテンダーが実にいい。殊《こと》に、彼のつくる「ドライ・マルティニ」はパリ一番のほまれあり。

大きなミクシング・グラスに氷が一杯はいっている。そこへ、ヴェルモットをちょろりと垂らし、ジンをざぶりとぶっかけて、冷やしたグラスに注ぐだけのことである。

晩めし前など、わざわざこれを飲みにくる客で賑《にぎ》わっているという、これはまた、ドライ・マルティニだけが有名な、奇妙なホテルであった。

パリで最高のイタリー料理屋は「フィレンツェ」ということになっている。殊にカルボナーラというスパゲッティ（ベーコンと卵と黒胡椒《こしょう》がはいる）と、コトレット・ミラネーゼが旨《うま》いという。そもそもカルボナーラというのは下品で旨い。いわば屋台店的な食べ物であって、ローマでも川向うの場末へ行かなきゃ食べられない。これをパリで食ったら四人で二万円ふんだくられたね。無論非常に旨かったが、しかしねえ。つまり、これはタヌキそばと豚カツ一皿で五千円、というような話ではアリマスマイカ。

■ペタンクと焙り肉

南仏のゴルドという地方で別荘暮しをしたことがある。どこまでもつらなる、なだらかな丘が、一面オリーヴにおおわれて、荒涼たる眺めである。

つまり、オリーヴの葉というのが、ちっともみどりみどりしていない。まるで色褪《あ》せて、ブリキのような色合いだものだから、全山オリーヴにおおわれると、おのずから荒涼としてこざるを得ない。

そういう丘の中の陽だまりに、この別荘があった。

持主は、花札きちがいの映画評論家であって、彼は、「全英ハチハチ愛好家連盟会長」を自称しているが、なあに、会員など一人もいやしないのだ。

教え始めは、ボーズがムーンとか、カスがプレイン・カードとか、フキケシがアナイアレイションなどとなかなか難しかったものであるが、今ではもう、タテサンボン、オノノトーフー、花札用語を全部憶《おぼ》えてしまった。ロンドンでも、ゴルドでも、ハチハチで何度徹夜したことか。

南仏の村人達のリクリエイションは、ペタ

ンクという球戯であるが、これは、見る人に少々哀れを催させるほどに単純なゲームである。即ち、まず一人が二個ないし四個ずつの鉄の球を持つ。球の大きさは、野球のボールくらいだろう。

最初のプレイヤーが、「コショネ」と称する小さな木製の球を投げる。距離は六メートル以上十五メートル以内と定められている。これを標的にして順順に鉄の球を投げ、コショネに一番近いものが勝ち、ということになる。

仮にきみの球が一番近く、ぼくが二番であったとすると、きみは一点を得点する。

仮にきみの球Aが一番近く、きみの球Bが二番目、Cが三番目、ぼくの球が四番目であれば、きみの得点は三点である。

このようにして得点を加え、最初に十五点に達したものが勝利者になって、ワン・ゲームが終るという、実に素朴なものであるが、単純なだけに、却《かえ》って複雑な掛引き、高度の技術を要し、その「球趣は尽きるところがない」

わたくしは、今、四人用の球のセットをフランスから持ち帰って、「全日本ペタンク愛好家連盟会長」を自称しているのである。

ゴルドにおける昼の愉《たの》しみはペタンク、夜の愉しみはハチハチであった。ペタンクの球が、そろそろ夕闇《ゆうやみ》で見えづらくなる頃、われわれはオリーヴの小枝を集め、庭の外れに石で築いたかまどにくべるのである。

今日は、たまたま素敵なヒレ肉が手に入ったから肉を焙って食べようというのだ。きみは知っているだろうか。オリーヴの枯枝で焙ったヒレくらいうまい焼肉は存在しないのだよ。

なだらかな、オリーヴの丘に、そろそろ夕霧が立ちこめてきて、遠く離れた隣りの別荘に灯がともる。油の強いオリーヴの枯枝が、勢いよくパチパチとはぜる。われわれになついた迷い犬「ドッグ」も、三尺後に坐《すわ》っている。

みんな、火をみつめて無言である。

矢張り、オ肉ハ、コノヨウニシテ召シ上ルノガ、一番オイシイノデハ、ゴザイマセンデショウカ?

■ミルク世紀

ミルク・セーキ、という飲み物がある。これはなんとなくうら悲しいではありませんか。プリン、という食べ物もまたうら悲しい。われわれの先々代が、ミルク・シェイクを、ミルク・セーキと覚え、プディングをプリンと聞き憶えた。それがいまだに継承されて、どんなメニューを見ても堂々と幅をきかせている。これはうら悲しいではありませんか。

この手のものに、プロマイド、ビーチ・パラソル、なんていうのがある。ワイシャツなんていうのもその類である。近頃では、それも「Yシャツ」なんて書く。これはいかがなものであろうか。

森鷗外の「ヰタ・セクスアリス」は、「ヴィタ・セクスアリス」の誤りではなかろうか。あるいは「ヰ」のみで「ヴィ」と読ませる習慣が、当時は存在したのだろうか。そういえば、「ワーニャ伯父」と「ヴーニャ伯父」も曖昧《あいまい》である。「フォルクス・ヴァーゲン」は「フォルクス・ワーゲン」と書かれる。「ヴァグナー」は「ワグナー」である。尤《もっと》も、これは、誰でも「ワーゲン」とか「ワグナー」とか発音するようであるが。

一体に日本人は、外国語の子音の発音に鈍感である。そして、その鈍感なところが、外来語の発音に歴然と表われてしまった。

ミルク世紀、なのである。ぷりんとしてるからプリンなのである。昔の人は、センスあったよなあ、と若者は思うかも知れない。

文部省は、この鈍感さに拍車をかけようとしているのではあるまいか。突如、「ヴィ」の発音は、すべて「ビ」で書きあらわされるよう布告を発したのである。

「ヰタ・セクスアリス」は、新仮名遣いによって、「イタ・セクスアリス」と書き改められている。「ヰ」を「ヴィ」と解した書店も中にはあって、彼の版では「ビタ・セクスアリス」となっている。

ある婦人雑誌に、ヴェニスの写真が出ていた。無論、解説は「ベニス」となっている。しかもである。「ベニス」を、わざわざ更にイタリー語に訳して、BENEZIAとゴチック体で印刷してあったのを、あなたならどう思うかね。

■ステレオホニックハイハイ

プレハブ住宅、というものがあって、そのハブが永い間わからなかった。わからないのが当り前である。これは、プレ・ファブリケイションだった。フィルムをヒルムとか、ファンをハンだとかいわれりゃ、それはわからないよ。いっそステレオも、ステレオホニックハイハイとしてみるかね。

その癖、変に原音に忠実な場合もあるのである。例えば「ヒット・エンド・ラン」などという。「ツー・エンド・ツー」などともいう。どうも「エンド」だけが妙に写実的で、浮き上っていて可笑《おか》しいのである。「ノック・アウト」も、近頃では「ナック・アウト」という工合に発音するのが、アナウンサー仲間での流行であるらしい。

ホテルのバーの、止り木で飲んでいると、ウェイターがバーテンダーに注文を通してくる。ウェイターたちは「スコッチ・アンド・ウォーター」を「スカッチ・ワーラー・イッチョオ」という工合に通してくる。

そういう工合に、アメリカ風に、くずして発音するのが彼らの中では通であるとされているのであろう。

日本の飛行機の、機内アナウンスにしてもそうである。「トゥエニイ・セヴン」とか「フォーリイ・ファイヴ」なんぞと、得々としてやられると背すじが寒くなるではないか。

こういう手あいが、子供を作ると怕《おそ》ろしいよ。自分たちを「ダディ」とか、「マミイ」とか呼ばせるようになるのだ。

何でもかんでも略さないと気が済まない。リモート・コントロールをリモコン、マス・コミュニケイションをマスコミなぞという。

田中路子《みちこ》さんという人がいる。彼女が二十年ぶりだか三十年ぶりだかで日本へ帰って来て引退興行をすることになった。

ところが、準備を進める上、いろいろな人に会ってみると、みんなが口をそろえていうのは、マスコミの影響ということである。

そんなことをするとマスコミがうるさいから、とか、マスコミに騒がれて、誰それは駄目になった、とか、マスコミさえ乗ってくれれば後はなんとでもなるさ、とか、要するにマスコミにちやほやされている間が花よ、などというのである。

「マスコミさんって、一体、どういう人なの？」

たまりかねた彼女が遂《つい》に人にたずねた気持ちがよくわかるのである。すごい影響力のある人間があらわれたものだ、と思ったに違いないのだ。

■この道二十年

英語の発音はむつかしい。殊に「アール」と「エル」の区別がむつかしい、なぞというと、これはもう誰も本気になって読みはしないのだ。

「アール」と「エル」の区別なんぞは誰でも知っている。「エル」を発音する時は、舌を、上顎《うわあご》の、歯の後ろに平にくっつける。「アール」のときには、舌を後ろの方へ巻き込むのだ。そうして、それが正常の位置に戻るときに発せられるのが「アール」であり「エル」である、ということは誰でも「知って」いる。

しかしながら、（と、わたくしは声を高めていいたい）人間は、ある方法を理解した途端に、その能力を身につけたかの如《ごと》く錯覚し勝ちなものですね。

現にわたくしがそうであった。

思えば、わたくしが英語を習い始めたのは一九四四年、わたくしが、小学校五年のときである。敗戦が翌年の一九四五年であるから、わたくしは、戦時中に英語を勉強した数少ない小学生であったろうと思う。

わたくしたちのクラスは、特別科学教育学級という、日本の軍部が、将来の科学者を養成するために編成した、一種の天才教育のクラスであって、湯川秀樹、貝塚茂樹先生たちの息子さんたちが、わたくしのクラス・メートであった。（ああ百年の計なるかな）

わたくしが、こういう学級にまぎれ込んだのは、何とも滑稽《こっけい》な過《あやま》ちであるが、どういうものか英語だけは馬鹿《ばか》に好きであって、従って成績は全く抜群であった。

つまり、わたくしのいいたいのは、それ以来、英語は、わたくしの得意中の得意の課目であり、今、客観的に振り返って見ても、わたくしの発音は、どの教師よりも良かった、ということである。

その、わたくしが、「アール」と「エル」を、どうやらはっきりと区別して発音できるようになったのは、やっと今年のことなのだから呆《あき》れるではないか。

英語を習い始めて二十年、その間、外国へ旅行すること五回、外国映画に出演すること三回である。やっと「アール」と「エル」ができるようになった！

それも、ある日、英国人の友達に三十分ばかりみっちり絞られただけで突如、断然「アール」と「エル」が自由になり始めたのだ。

つまり、わたくしは、過去二十年間、一度も、この問題に真剣に取り組んだことが無かったということなのである。これはイカンよ。

つまり、わたくしは、初めて英語を実際に使うようになるまでは、自分には「アール」と「エル」の発音ができる、と錯覚してこの問題に無関心であった。

そうして、英語を使い始めてからは、「アール」と「エル」は実に難しい。が、しかしまあ何となく通じるから、というので、やっぱり、少し真剣味を欠いておったのだね。

だから、わたくしは声を大にしていいたいのだ。諸君の「アール」と「エル」は、まず間違いなく全然駄目なのだ。だから、だから一刻も早く、まず、そのことを自覚してもらいたい。そうして、誰か、しかるべき英国人にでも徹底的に矯正《きょうせい》してもらっていただきたい、と。

まだある。いや、これは話が少し違うが、「アール」と「エル」を聞き分けることだ。これは、もっと難しい。悲しいかな、わたくしには、英国人の「アール」が、一向に「アール」らしく聞こえないのだ。何となくなめらか過ぎて、どうにも「エル」との差がよくつかめないのである。

断っておくが、わたくしは、耳は悪い方ではない。音楽的才能も一応はそなわっている。つまり、わたくしは楽器なぞ弾いたりもするのですよ。

たとえば、ギターでいえば、『アルハンブラの想《おも》い出』『レゲンダ』『アラブ綺想曲《きそうきょく》』といった、立派な演奏会用曲目を、一応澱《よど》みなく弾くことができるのです。

あるいは、ヴァイオリンでいえば、かつてソロモンという名人が、教え子である、ジョージ三世に、「予の、進歩の状態はいかがなものであろうか」と問われたときに答えた言葉がある。

「およそ、ヴァイオリンを奏するものに三段階あり。全くヴァイオリンを弾くことのできぬもの、非常に拙《つた》なくヴァイオリンを奏するもの、非常に巧みにヴァイオリンを奏するもの、の三種である。殿下におかせられましては、すでに第二の段階にお進みになられました」

というのであって、わたくしも、その第二の段階に属するものである。

こういう耳のいいわたくしにして、なお、「アール」と「エル」が聞き分けられぬのである。

ここにおいて、諸君は、今や全く、英語の発音の難しさを了解されたことと信ずるから、次に日本人の陥りやすい、通弊というものを列記する。

■母　音

先《ま》ず母音から始めよう。

英語の母音には中間的なものが多い。

たとえば、「ホット・ドック」という。この「O」の発音は「ホット・ドッグ」と「ハット・ダッグ」の中間である。

イエス、ノー、の「ノウ」は、「ノウ」と「ネウ」の中間である。

キス、とかリップスの「I」は「キス」と「ケス」、「リップス」と「レップス」の中間である。

この「I」の音は、たとえば、チーズという場合の、純粋の「イー」の音とは全く別のものである。

キャット、ラット、の「A」の音は「キャット」と「キェット」、「ラット」と「レット」の中間である。

これらの、中間的な母音が完全に発音できる日本人というのは、相当英語の達者な人でも、まず絶無といってもよい。これは一つの盲点であろうと思う。

母音をマスターするには、一つの母音を、長く引き伸ばして唱《うた》ってみることである。ちょうど、托鉢《たくはつ》のお坊さんのように

「オ――」

と伸ばせるだけ伸ばす。

そうして、その、伸ばしている、どの瞬間に、扉を開けて人がはいってきても、あ、これは、「オ」の音である、とか、これは、「オ」と「ア」の中間である、とかはっきりわからねばならぬ。初めに「オ」で始ったものが、段々「ウ」に近くなって終る、というようなことは許されない。

この目的にそって、次に、英語の母音の大部分を含む文章を掲げてみよう。即ち、

Who knows aught of art must earn and then take his ease.

この文章には十二個の母音、及び複合母音が含まれる。それらは、

「ウー」「オウ×エウ」「オー」「オ×ア」「アー」「ア」「ア〜」「ア×エ」「エ」「エィ」

「イ×エ」「イー」である。「×」は中間を表し「〜」は「アール」のはいった長母音を表す。

この文章を、ゆっくり、母音を一つ一つ引き伸ばしながら唱うように読むのである。ともかく一度読んでみて貰《もら》いたい。意外にむつかしいことがお判《わか》りいただけると思う。who 口が充分尖《とが》って純粋の「ウー」になっているか。「オ」の音がまじっていないか。knows「ノウズ」と「ネウズ」の中間。of「オヴ」と「アヴ」の中間。and「アンド」と「エンド」の中間。his「ヒズ」と「ヘズ」の中間。ease 口を充分横に開いているか。こういう点を反省して見ていただきたい。

結局、一番むつかしいのは「エ×イ」と「イー」の区別、そうして「オ×ア」であろう。これを克服する為《ため》には次の例題を繰返すことをおすすめする。

He got it to fit his bottle.
You may see it, you may hear it, you may even feel it, but please don't eat it.
He filled this wee pond with a complete sea.

即ち「イット」とか「イズ」とか「オヴ」とか、あまりにも単純極まる単語がすでにむつかしいのである。これはちょっとやそっとの努力では克服できないよ。

■子　音

それに、しかも子音の問題がある。

第一に「アール」に関して述べよう。実は「アール」に関しては有名な特効薬がある。これが果して、音声学的に正しいかどうかはさだかでないが、この方法で、かなり、英国人を納得さすに足る「アール」を得られることは、多くの経験者の指摘するところである。その方法とは即ち、「アール」の前に、架空の、発音されない、小さな「w」を想像するのである。

そうして、あたかも「w」を発音する如く唇をすぼめて突き出す。しかる後に「アール」を発音するのである。たとえば run という場合 *w*run という感じで発音して見るのですね。ただし、この「w」は絶対に発音してはいけない。ただ口をすぼめるだけでよいのである。

この方法は、大変有効なものであるが、英国人が「アール」を発音する際、仔細《しさい》に観察すると、彼らは決して、あらかじめ口をすぼめたりしないから、矢張り正しいものではないのだろう。まず、一つの便法として書き記す。

「アール」以外の子音についていえば、語尾にくる、有音の子音は、すべてむつかしい。一つ一つの音としては問題ないのだが、語尾にくると実にむつかしいのである。といっても、何のことかわからないから、例文を一つ掲げよう。

I will pull several bales of rice right up the hill for my salary.

つまり、これが、「アイ・ウィル・プル」という工合にならないで、「アイ・ウィウ・プウ」という工合になってしまうのでは、あなた、ありませんでしたか？

これは、英国でいえば北部訛《なま》りであって、下品なもの、ということになる。最後の音を、明瞭《めいりょう》に発音するためには、最後の子音の後に、かすかな「ア」の音をつけ加えて、この子音を誇張する練習が有効であると思う。

つまり、

「アイ、ウィッラ、プッラ、セヴェラッラ、ベイルッザ、オッヴァ。」

というふうに、ゆっくり読んで見る。

これを練習した後、英語の本を普通に音読してごらん。それまで、いかに自分が語尾の子音を粗末にのみ込んでしまっていたか、ということがはっきりわかるから。

さて、以上で、日本人の発音の盲点を挙げることができたと思う。わたくしの知る限り、日本人は、かなり英語のうまい人でも必ず以上の欠陥のいずれか、あるいは全部を持っている。

ということは、これらの欠陥は、自分で発見することが難しい上に、指摘されることもほとんど無い、ということが原因であろう。ともあれ、日本人も、そろそろ「しゃべれる」英語を習い始めていい頃ではないか。

■アイ・アム・ア・ボーイ

そもそも、明治時代に、初めて文部省が英語教育に踏み出そうとした時、教育者の意見は二つに割れたのだという。即《すなわ》ち、ここに、

I am a boy.

という文章があった場合、これを「アイ・アム・ア・ボーイ」と読んで、「私は少年である」と訳そうという英文派と、「I」は「われ」「boy」はいきなり「少年」と読んで返り点、送り仮名をほどこそうという漢文派に別れたのである。

即ち漢文派の方法論でゆけば前掲の英文は、

Iハ amリ二 boy一。

こういう工合に返り点、送り仮名して「われは、少年なり」と、一気に日本語で読んでしまおうというのである。

この驚くべき理論は、幸い常識的な英文派に敗れ去りはしたが、その根本的理念、即ち儒教的、訓詁《くんこ》学《がく》的精神は、いまだに日本の英語教育を貫くバック・ボーンとなって潑剌《はつらつ》と息づいているのである。

重ねていうが、言葉、というのは、先《ま》ず、話せて、相手のいうことが理解できて、つまり意志が通じる、ということが第一義です。学者的な事大主義とは、いいかげんに訣別《けつべつ》しようではないか。英語を、ソロバンや、自動車の運転のように気軽に考えましょうではないか。

それには、文法や読み書きではないよ。うまくアレンジされた、日常生活で一番頻度の多い文例、即ち「コレハイクラデスカ」「アナタハイクツデスカ」といった文例を、左様、まず三百、理屈もなにもなしに丸暗記することにつきると思われる。つまり小学校上級でできてしまうことなのです。

最近は、テープやレコードの類《たぐ》いが発達したから、こういうシステムで勉強している方も多いことと思われる。まことに結構なことと思うわけですが、最後に一言、忠告めいたことをいわせていただくなら、テープやレコードで会話を練習する場合、必ず、誰かを相手にして、相手の眼を見て練習することが望ましい。それが不可能なら、お宅の猫でも、鏡の中の自分でも、あるいはそこに誰かいると想像してその想像上の相手にでもよい。

ともかく、独り言に陥らぬよう、何かの工夫をしていただきたいと思う。このことは、習った結果を、実際に役立てる際、意外に助けになると思われるので、さし出がましいことながら、一言申しそえました。

■古典音楽コンプレックス

音楽がわからない、という状態が随分永く続いたように思う。あれは小学校から中学校への替り目の頃であった。『暗夜行路』や、『歯車』に生れて初めて心酔する頃であった。

病的である、ということが、芸術家の重要な資質である、というふうに感じていたらしい。「自意識過剰」というような言葉で人をおびやかす友人がいた。またある友は「死」ということを「つきつめて」考えている様子であった。

みんな暗い表情をしていた。わたくしは、自分自身、格別の悩みもないことを深く愧《は》じた。友はみな、優れた芸術家であると思われた。

とりわけ、彼らは、音楽の深い理解者であった。ピアノやオルガンを弾くものもいたし、楽器の弾けないものは譜面を携《たずさ》えていて、常にこれを繙《ひもと》いたのである。

そうして、告白いたしますと、わたくしには、音楽というものは全くわからなかった。今時分の若い女の子なんかが「あたし、クラシックを聴くと頭が痛くなっちゃって」なんぞという。つまり、そういう感じだったのです。

だから、わたくしにとって、友達づきあいというのはつらいものだったなあ。友達と一緒に、全くわからない音楽に数時間耳を傾ける。その後、白菜と豚肉でスキ焼なんかする頃には、友はみなショパンのバラードについて論じている。スキ焼の具がなくなって、後にウドンなんか入れる頃には話はベートーヴェンの後期の弦楽四重奏に移っている。さらに夜が闌《た》けて、ウドンもすっかりなくなってくると、みんなは干柿《ほしがき》なんか食べながら、今度はモーツァルトに対する陶酔を披瀝《ひれき》しあうのである。

「ある音楽家の教養の程度は、彼のモーツァルトに対する関係で分る。相当の年にならねばモーツァルトを理解することができない、というのは、よく知られた事実である。若い人たちは、モーツァルトを単純、単調、冗漫だと思う。人生という嵐によって純化された人だけが、単純さの崇高な要素と、霊感の直接性を理解するのである」

（カール・フレッシュ、ヴァイオリン奏法4。佐々木庸一訳、創元社版）

というわけであるから、友人たちの、音楽的教養は、小中学生としては、かなり例外的に老成していたものに違いない。

わたくしなんぞ、全く口をさしはさむ余地が無いのである。ということは、つまり、わたくしは、友人が芸術論をたたかわせている間、豚肉や、ウドンや、干柿を、単に食べていただけ、ということになるではありませんか。

こりゃ、下品だよ、とわたくしは思った。これは、育ちが悪いということだ、とわたくしは思ったのです。

そうなのだ。今でもわたくしは、男の、そうして大人の人で、ピアノなんか弾く人を見ると、何か、やるせのない、憧《あこが》れのような気持ちを抱いてしまう。この人は育ちのいい人だなと思ってしまう。音楽コンプレックスなんぞという下賤《げせん》なものを知らずに済んだ人だな、と思う。

近頃、音楽コンプレックスの解消が楽になったようである。つまりジャズというものが猖獗《しょうけつ》して、古典音楽を知らないということはあまり恥ではなくなってきたらしい。二、三日前まで、バッハ気違いの中で小さくなってた奴《やつ》が、突然、マックス・ローチかなんかの「通」になって帰って来て巻き返しをはかったりなんかする。こういう安直さでコンプレックスを解消してしまう。そうして、そのついでに、古典音楽に対する畏敬《いけい》の念も解消してしまう、というのは、めでたいのか、めでたくないのか。しかし、もっと程度の悪い人たちがいる。すなわちコンプレックスをさえ持ち得ない、という人たちである。

「なによクラシックなんて、いかさないわよ、あんなの。」

とくるから、たまったものではない。

そもそも、バッハやモーツァルトやベートーヴェンを、イカス、とかイカサナイ、とかいう安っぽい言葉で一気に否定するということが一体できるとでも――ナンゾと力むことはないね。なあに、一気に否定されたのは彼女の脳味噌《のうみそ》であった。

つまり、こういう人物は、生理でもって脳味噌の代用にしているわけだ。人生において、優れたものに対する「怖《おそ》れ」を持たない人、こういう人は何をやらせても駄目なのだ、とわたくしは思う。得意だとかいうチャーハンだって、まずいにきまっているのだ。

何の話だったか、というと、音楽コンプレックスの話であった。

わたくし自身の経験だけに限っていうなら、これが解消するのに、つまり、わたくしが一応音楽を理解するようになるまでに、三つの段階があったように考えられる。

第一段階。音楽が、無意味な、冗長な、精神的圧迫であることをやめて、美しい、愉《たの》しいものとして姿を現わしはじめる。

第二段階。演奏の巧拙を聞きわけるようになる。この段階になると、古今の大作曲家、東西の名演奏家に関して該博な知識を持ち、音楽学に興味を持つが、相変らず譜が読めない。

第三段階。楽器を習う。従って譜が読めるようになる。

まず、こういった工合であったかと思う。

第一段階。

音楽のよろこびを知るためには、一つの曲を集中的に聴くことが早道であると思う。つまり、「節」を覚えてしまうことである。優れた古典というものは不思議なものである。よく知れば知る程、ますます愉しさが増すのである。研究しつくした途端に索然とするような曲であれば、演奏家はみんな不感症になってしまうだろう。すなわち良い演奏ができる道理がないし、そんな曲が、永い歳月を生き残る筈《はず》もないのである。すなわち、知る程に味わいを増す、ということが、とりもなおさず古典音楽の性格である、と申し上げてよろしいかと思う。

だから、一つの曲に、まず馴染《なじ》んでしまうのである。十遍でも二十遍でも飽かずに繰り返して聞くのである。

怕《おそ》らく、二十一遍目あたりに、心の中で旋律を追いながら、知らず知らず音楽に溶け込み、音楽を愉しんでいる自分を発見して愕然《がくぜん》とする、という、よろこばしい事態が待ち受けているに違いないのだ。

このよろこび、即ち、音楽の創造に参加したというよろこび、これを一度味わったなら後は楽なものだ。順次曲目をふやしてゆけばよいのである。

たとえば、ベートーヴェンの第五交響曲から出発したとするなら、第六、第九、第七交響曲は同じように愉しめるに違いない。あるいは分野をかえて、ソナタや協奏曲を愉しむということもあるだろう。

わたくしの場合、この段階に四年くらい停滞していたように思う。

あれは高校一年の頃だった。当時、わたくしは四国の松山というところへ島流しになって、お寺の一室に住んでいたのだが、その夏のある日、わたくしの「音楽的生涯」における画期的な大事件が持ち上った。

放浪の旅に出た、一人の無名のピアニストが、わたくしを訪ねてきたのである。

■最終楽章

その日わたくしは縁側に寝そべって、例の、手で捩子《ねじ》を巻く仕掛けの蓄音器で「クロイッツェル・ソナタ」を聴きながらランボーの詩集を読んでいた。

夏の盛りには、時間はほとんど停止してしまう。たぶん一年の真中まで漕《こ》ぎ出してしまって、もう行くことも帰ることもできないのだろう、とわたくしは思っていた。あとで発見したのであるが、人生にも夏のような時期があるものです。

放浪のピアノ弾きはわたくしに向って、

「チボーとコルトーだね」

といった。そうして詩集をちらと見て、

「おや、村上菊一郎先生だ」

といい当てた。

こんなふうに、興味がいきなり演奏家や訳者にむかうということが、わたくしにはいかにも高級なことのように思えたが、つまりこれが演奏家の神経というものなのだろう。その後ピアノ弾きとわたくしは、よく口笛を吹いたが、彼の口笛はわれわれの口笛とはまったく異っていた。決して口笛がうまいというのではないが、たとえばピアノ、フォルテが非常に鮮明なのである。なるほど、これは演奏家の神経というものだろう。

ピアノ弾きは、わたくしのランボー詩集の表紙が大変くたびれているのを見て、ハトロン紙でカヴァを作ってくれた。彼のカヴァの作り方は、本を拡《ひろ》げた面積の二倍の分量の紙を必要とするのであったが、そのカヴァにすっぽりと包まれたランボー詩集はいかにも居心地がよさそうに見えたのである。

おしなべて、こういう作業ほど多感な少年の心を捉《とら》えるものはない。わたくしは彼に下宿を提供することを決心した。

ピアノ弾きのいうには、当今若い演奏家は必ず東京でデビューしてから地方を演奏して廻るのだが、自分としては無名の状態で地方を演奏して歩き、あらゆる失敗を経験してから東京で演奏会を開きたいのだ、というのである。この考え方にはいかにも一理あるように思われた。

また、彼は今二つの女学校から演奏会の注文がある、ともいった。わたくしたちはピアノのある下宿を見つけてそれまで下宿していたお寺を出た。

規則正しい生活が始った。午前九時から、午後三時まで彼はピアノを弾く。曲目は、シューマンの「謝肉祭」「パピヨン」、バッハの「フランス組曲六番」「イタリヤ協奏曲」、それにショパンのいくつかのバラードやワルツである。

彼がピアノを弾く間、わたくしは勉強したり本を読んだり、彼のために紅茶を淹《い》れたりした。

窓の外の樹《き》の繁《しげ》みに、強い夏の日が照り映えて、本もノートも緑色の斑《まだ》らに染まるかと思われた。練習が終ると、わたくしたちは電車に乗って夕方の海へ泳ぎに出かけた。黒い岩だらけの、人気のない海にボートを浮かべて、虹《にじ》色に黄昏《たそが》れてくる大気の中で、わたくしたちはショーソーンの「月の光」を唱うのであった。

そのうち、わたくしは演奏というものがわかり始めている自分に気がついた。つまり、いい演奏と悪い演奏ということがいつの間にかわかるようになっていることを発見したのである。だから、わたくしは生意気にもピアノ弾きにいってみた。

「今のフランス組曲はどうもおかしいぞ。もしかすると今日は歯が痛いんじゃないか」

すると、ピアノ弾きは、いかにも歯が痛くて堪らぬ、という振りをしてくれたので、わたくしは、ますます自信を深めるのであった。

やがて夏休みが終って演奏会が開かれた。ピアノ弾きは女学校の講堂で満員の女学生にむかってこんなことをいった。

「バッハの書いた譜面には、ピアノとかフォルテの指定がありません。だから、ぼくはバッハをなだらかに均等に弾くことをしてみようと思う。バッハの音楽はピアノやフォルテではなくて、音の明暗、というか、なんというのかね、音がつぼんで閉じていったり、また明るく開けてきたり、そういうものなんじゃないかな」

そうして、彼は「フランス組曲六番」を弾き始めた。

アンコールにはモーツァルトのケッヒェル三三一番のソナタのアレグレットを弾いた。これは俗に「トルコ行進曲」として誰もが知っている曲であったから、彼がミス・タッチをすると、女学生の聴衆は「ありゃ？　今のはミス・タッチじゃろがね」などとささやきあった。


夏の終りとともにピアノ弾きは去って行った。洋装店を経営する初老の婦人から求婚されたので彼は逃げ出してしまった。しばらくは生活が光を失った、と思われた。

ピアノ弾きは一向デビューしなかった。十年ばかり経《た》ってわたくしが結婚する時、彼は式場にやって来て、「フランス組曲六番」を弾いてくれた。彼は今創価学会の幹部になっている。

その頃、町にアメリカ文化センターというものがあった。アメリカの図書やレコードを無料で貸し出してくれる。わたくしはバッハ気違いの友人と二人で、気に入ったレコードを数十枚一挙に借り出してしまった。期限は七日間であったが、七日目ごとに返しにいって、その場でまた借り出してしまうから、これらの数十枚のレコードはわたくしがこの町を去るまでの二年間、常に手もとにあったのである。

このコレクションは今考えても相当水準の高いものであったと思う。たとえば、オペラでいうなら、ジャン・ピアース（テナー）、レオナルド・ワーレン（バス・バリトン）の「フォルツァ・デル・デスティーノ」（運命の力）があった。わたくしは、いまだにこの曲がイタリー・オペラの中の最高傑作であり、彼らの演奏が最上の演奏であると信じている。

尤《もっと》も、このレコードには欠陥があった。すなわち録音がよすぎたので、レオナルド・ワーレンが最大限に声を出すと、サウンド・ボックスの金属箔《はく》の共鳴板が破れるという不都合があった。

そのたびに、われわれはレコード屋まで自転車を走らさねばならなかったが、われわれわれは田圃道《たんぼ》を走りながらも「やっぱりワーレンは偉いやつだ。またサウンド・ボックスを壊した」と興奮して語りあった。

バッハ気違いの友人は蓄音器を持たなかったから時を選《えら》ばずにわたくしの下宿に出現してレコードをかけるのであった。

ある日、わたくしがうたた寝をしていると夢の中でいとも精妙な弦楽の響きが聴こえてくる。これはまさしく天上の音楽である、とわたくしは思った。

枕《まくら》もとにバッハ気違いが坐《すわ》りこんでバッハを聴いていたのである。わたくしが目を醒《さ》ましたのを見ると、彼は、その長い指で蓄音器を軽く叩《たた》いて拍子をとりながら「やあ」といった。

シャコンヌの中のアルペジオが今や高く高く鳴りわたり、窓辺には、彼の持ってきたらしい百合《ゆり》の花が、化学実験に使うフラスコに挿して活《い》けてあった。窓の外の空はあくまでも澄み、透きとおった風が部屋一杯に渦巻いていた。

ある日バッハ気違いは一つの報告を齎《もた》らした。すなわち、彼に一人の弟がある。弟は中学生で趣味は切手の蒐集《しゅうしゅう》である。弟は今度蒐集した切手を売り払って、一梃《ちょう》のヴァイオリンを仕入れてきた、というのである。

弟はヴァイオリニストになる、といっている――彼はいかにも軽蔑《けいべつ》したという調子でいったが、全部が彼の差し金であったのは見え透いていた。

一月ばかりしていってみると弟は「キラキラ星変奏曲」というのを弾いていた。そうして更に半歳《とし》ばかりしていってみると、弟は、われわれの請《こ》いに応じて、バッハの「無伴奏ヴァイオリン奏鳴曲」の中から、たとえば二番のパルティタのアルマンドとかジーグとかを事もなげに弾いてみせたのである。

音程も余程正確であったし、弟の態度そのものにも、すでにヴァイオリンを扱い馴《な》れた人らしい決然たる趣きが窺われた。

わたくしが、その地を去る少し前、最後に彼のうちを訪れた時、わたくしが彼のうちの近くにさしかかると、夏の午下《ひるさが》りの白い砂埃《すなぼこ》りを蹴立《けた》てて、一群の薄穢《うすぎたな》い子供たちが走り過ぎた。わたくしは、その時の情景を生涯忘れることはできないだろう。走ってゆく子供たちが、一斉に、大声を張り上げて、バッハの「ヴァイオリン協奏曲ホ長調」を合唱したのである。弟の部屋は道に面していた。

東京に住むようになってからしばらくして、わたくしはふとした機会に思い立ってヴァイオリンを習い始めた。二十一歳であった。

嘗《かつ》てバッハ気違いの弟が弾いてくれたアルマンドやジーグは半歳くらいで弾けるよ

うになった。毎日、四時間も五時間も弾いた。それが二年くらい続いた。わたくしは自分の生涯の余暇を悉《ことごと》くヴァイオリンに捧《ささ》げても惜しくない、と真剣に考えた。

わたくしは何人かの教師を渡り歩いたが、やはり最大の教師は、カール・フレッシュの「ヴァイオリン奏法全四巻」であった。この本にめぐりあっただけでも、わたくしはヴァイオリンを習った甲斐《かい》があると思っている。

この本によって、わたくしは論理的な物の考え方というものを学んだ。自分の欠点を分析してそれを単純な要素に分解し、その単純な要素を単純な練習方法で矯正する技術を学んだのである。どんな疑問が起きようと、答は必ずカール・フレッシュの中に見出《みいだ》すことができた。現実の教師たちはあまり役に立たなかったようである。

カール・フレッシュによれば悪い教師にはいくつかのタイプがあるという。その幾つかを挙げてみるなら、

一、自制心のない怒鳴る癖のある教師。

生徒の犯すすべての過《あやま》ちは彼を爆発させる。そして彼は「直ちに」その誤りを直すことを生徒に要求する。従って曲全体が演奏されることは決してない。生徒は教師に倦《あ》きがきて、しまいには叱《しか》られることを仕方がないと考え、何とも感じなくなる。

一、自分はもともと独奏家であると感じ、ヴァイオリンを教えると自分の練習の損

をすると感じる教師。

「私が弾いてみせましょう」というタイプの人である。口で説明するかわりに自分で弾いて見せる。これは、一つには精神的貧困のためであり、一つには自分が失った練習時間を少しでも取り戻そうとするためである。

一、生徒とユニゾンで弾く教師。

彼は二つの音の重なりあった唸《うな》りを聴くに過ぎない。そして、一体どちらが調子外れで弾いているか、彼にはわからないのである。

一、怠慢な教師。

常に授業に遅れてくる。授業中、路上の出来事に気をとられたり、新聞を読んだりする。また授業に関係の無い話題を持ち出したりして煩《わずら》わしい授業時間を自分にとって少しでも楽しくしようとする。

等々であって、わたくしの教師たちはこれらのいずれか、あるいは全部に当てはまったのであった。

ところで、ヴァイオリンというのは実に不愉快な楽器である。弾いていて愉《たの》しいということはほとんどありえない。ヴァイオリンを弾くということは、不正確な音程、穢《きたな》い音、不正確なテンポ、即《すなわ》ち不快感との絶え間のない戦いである。この不快感は、技術が進歩して、耳が敏感になってくると一層増大するからしまつが悪いのである。

でも、わたくしは声を大にしていおう。楽器というものは愉しいものである、と。そうして楽器というものは三、四歳の頃から習い始めなければならない、というのは最も悪質なデマである、と。職業的演奏家を志すのならいざ知らず、自分で愉しむ程度のことなら何歳になってからでも遅くはないのだ。

それからまた、わたくしは、楽譜が読めないから楽器が習えないと信じている人にもいいたい。一体三つや四つで楽器を始める子供たちに、あらかじめ楽譜を読む能力がそなわっているものだろうか。楽譜の読める読めないなぞ何の障害にもなりはしないのだ。二、三カ月もすれば指が勝手に楽譜を読むようになってくれるものなのです。

深く楽器を愛する心と、そうして根気を持った人なら何の躊躇《ためら》うことがあろうか。思うに楽器とはその人の終生の友である。決して裏切ることのない友である。わたくしは心の底からそのように感じるのであります。


そろそろバッハ気違いの友人の弟が訪ねてくる頃である。彼は今、あるオーケストラで第二ヴァイオリンを弾いている。われわれはバッハの「二つのヴァイオリンのための協奏曲」を奏《かな》でて、しばし幽玄の世界を逍遥《しょうよう》しようと試みるつもりでいる。

■ポケット文春のためのあとがき

三年ばかり前、「洋酒天国」の第五十六号に「ヨーロッパ退屈日記」という小文を書いた。それが本書の第一部「エピック嫌い」までの十数章である。

これが機縁になって「婦人画報」に同じ題で毎月書かせていただくことになり、以来約二年を経過した。

この連載を骨子として、それに他の雑誌などに書きためたものを按排《あんばい》したのが、第一部「ロンドンの乗馬靴」以下、第二、第三、第四部である。

もともと、わたくしは浅学にして菲才《ひさい》、どちらかといえば無内容な人間である。そうして明らかに視覚型の人間である。

そういう人間が文章を書くということになれば、これはもう自分が実見して知っていることを誠心誠意書くというより他ないのである。

ヨーロッパ諸国と日本とでは風俗習慣はもとより「常識」そのものにさまざまな食い違いがある。わたくしは、これをできるだけ事実に即して書きたかった。

婦人雑誌の広告に、ほら、「実用記事満載!」というのがあるでしょう。わたくしの意図もまたこの一語に尽きるのであります。

著　者

一九六五年三月一日

■伊丹十三について（ポケット文春の裏表紙より）

伊丹十三にはじめて会ったとき、彼は十九歳、私は二十六歳だった。私たちはひどく貧乏していて、一杯のコーヒーを飲むのも容易ではなかったが、金がはいった時は大酒を呑《の》み、贅沢《ぜいたく》をした。彼はいつも控え目で無口であったが、時折ボソッと口をきくと、それはいかにもその場にふさわしい発言であり、おどろくほど正確であり、同時に、うまい言い廻しであった。不思議な少年であった。

伊丹のいいところは、人間としての無類の優しさにある。そうして、その優しさから生ずるところの「男らしさ」にある。優しさから生まれた「厳格主義」にある。いつだって、どんなことだって彼は逃げたことがない。私は、彼と一緒にいると「男性的で繊細で真面《まとも》な人間がこの世に生きられるか」という痛ましい実験を見る思いがする。

映画について、スポーツ・カーについて、服装・料理・音楽・絵画・語学について彼が語るとき、それがいかに本格的で個性的なものであり、いかに有効な発言であるかがよくわかる。マニアワセ、似せもの、月並みに彼は耐えられないのだ。私は、この本が中学生・高校生に読まれることを希望する。汚れてしまった大人たちではもう遅いのである。

私には仲間褒めをする気持が全くない。伊丹十三には神に愛された才能があるとは言わない。すべては「優しさ」から発していると考える。その「優しさ」がホンモノであると考える。そうでなくては、英国の舞台出身の俳優と映画で共演できる青年というイメージがくずれてしまう。本書を読んで、ある種の厭《いや》らしさを感ずる人がいるかもしれない。それは「厳格主義の負うべき避けがたい受難」であろう。

山口　瞳

■B6判のためのあとがき

山口瞳さんのお世話でこの本を出版することができた。十年前のことである。その事情を記して新装版のあとがきに変える。

私が山口さんと最初に知り合った時、私は二十一歳、山口さんは二十九歳であった。(裏表紙の山口さんの文章とは食い違うが、あれは初初《ういうい》しさを狙《ねら》った脚色であり、なおかつ、山口さんは巧みに一歳サバを読んでいる)

当時山口さんは河出書房から出ていた「知性」という雑誌の編集部に勤めるサラリーマンであった。そうして私は駆け出しの商業デザイナーであった。いや、デザイナーなどという言葉は当時はなかった。われわれは版下屋とか書き文字屋とか図案家などと呼ばれる冴《さ》えない種類の人間であった。つまり、私は山口さんにとっては出入りの職人であったのである。

山口さんは演出の多い人であった。当時鬚《ひげ》を貯《たくわ》えていたが、これは、今が二十九歳だから今年を逃すと自分は永遠に二十代では鬚を生やさなかった男になってしまう、という理由であった。

服装にもひどくうるさかった。濃紺の背広の上下を着ていて「これをミッドナイトブルーといいますね」などという。これは当時としては斬新《ざんしん》な響きであった。時としては、黒のソフトに葉巻きをくわえ、アメリカ軍放出のカーキのトレンチコートを着て現れることもあった。ハンフリー・ボガートである。私は彼を損な役を懸命に演じている俳優のように思った。

一度山口さんの家へ遊びに行ったことがある。三の橋にある花屋さんで、山口家の一族が大家族で住んでいた。遊びに行った途端に外へ連れ出された。三の橋から歩いて六本木へ出て「クローバー」でお茶を飲み、次に俳優座の隣りの「上海酒家」というところで肉饅頭《まんじゆう》を食べ、狸穴《まみあな》へ足を伸ばして「エイティ・エイト」という、バンドの入ったナイトクラブで外人の客に混ってウイスキーを飲み、最後に霞町《かすみちよう》の「ラインランド」という独逸《ドイツ》料理屋でポテトフライを酒菜にしてビールを飲んだ。

一軒一軒その店に入る前に、なぜ入るのかという狙いについて、彼は施政方針演説のようなものを行なったが、それは今は忘れてしまった。その日の彼の演出テーマは、おそらく最低の出費で最高の贅沢《ぜいたく》、これが即《すなわ》ち粋《いき》、とでもいうことを田舎者の私に教えることにあったのだろうが、しかし今考えるに薄給の若者が二人、メニューの一番安いものを注文しながら、高級な場所をハシゴしてまわったのが果たして粋であったのかどうかは疑わしいと思う。いかに最低の出費とはいいながら、火の車であった「江分利満氏」の家計からの支出である。もし粋であったとするなら、ヤブレカブレのすがすがしさで、辛うじてなり立つ粋であったろうか。

職人であった私に与えられる仕事は、主に、車内吊《づ》りのポスターと、目次のデザインであった。ジェームズ・ディーンや石原慎太郎の年であった。ポスターの原稿料が三千円くらいだったと思う。それでも何やかにやで毎月七千円くらいの金が「知性」から私に支払われた。これは当時としては、一寸《ちょっと》豊かな金額であった。

初めて金を貰《もら》った日、私は山口さんを誘った。では魚河岸《うおがし》の場外《じょうがい》の寿司屋《すしや》へ行こうと山口さんはいった。場外というのは築地《つきじ》の魚市場の外ということだそうで、なるほど行ってみると、穢《きたな》い河の橋のたもとに「寿司政」と書いた赤い提灯《ちょうちん》が下がっている。店の外は作業用の帽子やダボシャツを商う屋台になっており、中へ入るとゴム長の男たちがチラシ丼《どん》なんぞを黙黙と食べている。

山口さんは白身の魚やマグロを酒菜に酒を飲んだ。私もそれにならった。それらの魚はマッチ箱のように単純にブツ切りにされ、われわれの目の前に無雑作に手摑《てづか》みで置かれるのであった。万事荒涼として風情《ふぜい》がない。それが、なかなか良かった。

山口さんはトロを讃美して、「ローマイヤー」のどんなロースハムもこれにはかなわないと思うよ、といった。これはこの人の口癖だな、と私は思った。それから山口さんは小鰭《こはだ》を食べた。干瓢《かんぴょう》のり巻きも食べた。「干瓢を、歯が悪いですから機械で巻いて下さい」などといってすだれで巻いてもらった。最後には玉子を一と切れ注文した。

勘定は三千円であった。これは私が払った。山口さんは「では紹介料ということで」とさっぱりした顔でいった。

私が勘定を板の中の職人に払おうとすると山口さんが小声でたしなめた。勘定は職人に払ってはいけない、職人は手で食べ物を扱っている、そういう人に穢いお札を渡すもんじゃない、板のこっち側にお茶や酒を出し入れする若い衆がいるでしょう、勘定はあの人に払わなければならない、というのであった。

そのうち「知性」は廃刊になり、私は山口さんと会うことがなくなった。私は俳優になり、結婚した。そして一年ばかりを外国で過ごした。

外国から帰ると「文藝春秋」から原稿の依頼があった。生まれて初めて文章というものを書いた。これが没になった。うちには向かないというのである。「洋酒天国」

のような雑誌だとピッタリするんだが、ということであった。

くだくだしいことを略すと、その「洋酒天国」に山口さんがいたのである。文春の原稿を書き足して五十枚ばかりにして「洋酒天国」に載せてもらった。「ヨーロッパ退屈日記」というのは、その時山口さんがつけてくれた題である。文章がなんともいえず倦怠《けんたい》している、実に退屈そうだ、というのである。

そんなわけで、この本はそもそもの成り立ちのところから山口さんに負っている。本にする時も、一から十まで教えてもらった。

活字面が或《あ》る程度白っぽい方が読みやすい。そのためには、不必要な漢字はなるたけ使わないこと。たとえば、「為」とか「事」とか「其の」とか「の様に」とかいう言葉は平仮名にする、その代り、難しい漢字は遠慮なく使う、そんなことを習った。

エクスクラメイション・マークは斜めのもの「*!*」はいやらしい。必ず垂直のもの「!」を使うように。そういう細かいことを教えてくれたのも山口さんである。

文章一つ一つの頭についている小見出しも丸一日かかって半分以上山口さんが新たにつけてくれた。表紙に印刷してあるキャッチ・フレーズ、「この本を読んでニヤッと笑ったら、あなたは本格派で、しかもちょっと変なヒトです」というのも山口さんの作である。

今度「ポケット文春」からB6判に改めないかというお話が文藝春秋からあった時、私は大いに迷った。私は今、四十一歳である。二十代の終りに書いたものなど、われながら青臭く、うとましく、恥ずかしさのみが先に立つ。

私は山口さんに相談した。山口さんは言下にいった。

「それはやるべきですよ。恥ずかしくたって、なんだって処女作というのは歴史的事実なんだから、これはもうどうしようもないもんですよ」

そんなわけで、この本はまた生き永らえることになった。そうして――いつの日か、本当に処女作といえるものを書かねばならぬ。と、私は遅蒔《おそま》きながら考え始めている。

一九七四年七月一日

著者

解　説
──文学に「退屈」する作家

関川夏央

『ヨーロッパ退屈日記』は、一九六五年の高校生にとって一大衝撃だった。ジャギュア（ジャガー）という呼び方、アーティショー（アーティチョーク）という不思議な野菜、マルティニ（マティーニ）という夏のかおりのするカクテル。洗髪はその頃石鹸《せっけん》からシャンプーにかえたもののリンスはいまだ知らず、グレープフルーツはグレープの親玉のようなくだものだろうと想像するのみで、フランスにはレストランの辛辣《しんらつ》な批評を兼ねたミケリンという自動車旅行ガイドブックがあるとイアン・フレミングの小説で覚えたばかり、一ポンド一〇〇八円時代を生きていた私には、まさに驚きの連続だった。

「やっぱり手袋はペッカリがいいでしょう」「眼鏡はツァイス」「ネクタイは、たとえばジャック・ファトといきたいのです。いや、いつかやるよ、わたくしは」

だが、こんなくだりとなると理解を超えた。いまでも理解を超えている。かえりみればうかつな人生であった。

キザだな、とは思ったが、イヤ味は感じなかった。キザもキザ、大キザの高い綱渡りをして、揺れながらも落下しない。これは芸だ、と感じ入った。さらに、全編にたたえられた、いわば切ない明るさの印象が、田舎の高校生の反感をみごとにおさえこんだのでもあった。

『ヨーロッパ退屈日記』という魅力的かつ挑戦的な書名の本は、一九六五年三月、ポケット文春という新書版叢書《そうしょ》の一冊として刊行された。伊丹十三はこのとき満三十一歳だった。タイトルは初出誌の編集者山口瞳が命名した。表紙の下端に、「この本を読んでニヤッと笑ったら、あなたは本格派で、しかもちょっと変なヒトです」という惹句《じゃっく》が見える。読点「、」がカンマ「，」になっているのが目をひく。この惹句も山口瞳の手になるのだろう。

著者名が伊丹一三となっている。この本の刊行後しばらくして十三と改めた。本人は「一（マイナス）を＋（プラス）にしただけだ」といった。

本文中のカットも表紙カバーの絵も伊丹十三自身がかいた。多才なのである。

表紙カバーにかかれたのはつぎのようなものたちだ。

「ブリッグの蝙蝠傘《こうもりがさ》、ハリーのくれたスフィンクス（置時計の一部分）、ダンヒルのオイル・ライター、マジョルカで買ったピストル、ドッグ・シューズ、運転用手袋、ペタンクの球」

伊丹十三は言葉と文字を気にする人だった。表紙カバーはカヴァである。タキシードはタクシードでなければならず、ヴェニスのハリーズ・バーをベニスのハリーズ・バーと書くことを「愧《は》」じ、コーモリ傘は蝙蝠傘でなければ「赦《ゆる》」さなかった。赤いのアカを、赤い、朱い、紅い、赫い、丹い、緋いと使いわけないと気分が「澪《しず》」んだ。といって無闇《むやみ》に正体字や難読字にこだわるのではなく、そのもちいる方法は一貫していて、読者をケムに巻くというふうではなかった。要するに潔癖なのであろう。

スパゲッティについての彼の講釈は、四十年を経たいまでも、私の脳裡《のうり》にはっきり刻まれている。おそらく他の多くの同時代的読者もそうであろう。

一九六〇年代当時、日本には喫茶店が無数にあり、そこでは軽食も出した。その定番がスパゲッティ、なかんずくケチャップをからめてハムの細片などの具を散らせた「ナポリタン」だった。それを伊丹十三は、スパゲッティではない、といった。得体不明、理解不能のしろもの、あえていえば「いためうどん」にすぎない、といった。(ああ、たしかにそのとおりだと私は思った。いまも思う。思いながらも、あの「いためうどん」をスパゲッティの六〇年代的「翻訳」となつかしく感じている)

問題は、スパゲッティの食べ方、巻きとり方であった。

伊丹十三は書いた。

「フォークでスパゲッティの一部分を押しのけて、皿の一隅に、タバコの箱くらいの小さなスペースを作り、これをスパゲッティを巻く専用の場所に指定する」

「指定する」という言葉あしらいが高校生の私にはニクかった。

「さて、ここが大事なところよ、次に、フォークの先を軽く皿に押しつけて、そのまま時計廻りの方へ静かに巻いてゆく、のです。

そして、フォークの四本の先は、スパゲッティを巻き取るあいだじゅう、決して皿から離してはいけない」

なるほど、なるほど。これが人に技能を伝達する技能に満ちた文体というものか。だが当時の「ナポリタン」は異常に盛りがよかった。異常に皿が小さかった。おまけにゆですぎのせいでスパゲッティがぶつぶつ切れたから、伊丹十三の教えるようにするのは至難だった。律儀にチャレンジしている青年をたまさか見かけると私は、ここにも『ヨーロッパ退屈日記』に衝撃を受けた青年がいると、「ニヤッと笑った」のである。それは「共感のニヤッ」であった。

いま、皿が大きくなり、「アル・デンテ」なゆでかたが普及しても、私はあまり伊丹十三の指示にはしたがわない。面倒で時間がかかるからというのがせっかちの言い訳だが、長じてさまざま経験を積み、その結果ヨーロッパ文化というものに距離をおいて接するようになったという事情も多少は関係しているのだろう。しかし、だからといってこの本の価値が減じたとはいささかも思われない。

伊丹十三は一九三三年、京都に生まれた。父は映画監督・脚本家・文筆家として知られた伊丹万作である。伊丹万作は「芸名」で、本名は池内義豊。伊丹十三も当然池内姓で戸籍名は義弘《よしひろ》（通称名岳彦《たけひこ》）である。外国人の俳優仲間、たとえばピーター・オトゥールには「タケ」とか「タケちゃん」と呼ばれていた。なかなか複雑なアイデンティフィケーションといわざるを得ない。

元の芸名伊丹一三は、一九六〇年、大映に俳優として入社するときワンマン社長永田雅一《まさいち》がつけたといわれる。が、息子のひとりには万作と命名している。伊丹十三にとっていかに父の存在が大きかったかを暗示する。

京都師範附属小学校四年生だった戦争末期の四四年、軍命で他の優秀な子供たちといっしょに英才教育を受けた。英米と戦った日本は英語を「敵性語」として遠ざけるという奇怪な方針をとったが、ここだけは別で英語に重点を置いた。そういう教育を受けたうえに、伊丹十三には外国語の才能があった。後年、ハリウッド映画の仕事をする基礎はこの時期につくられた。

大映での主演は一本だけ、いくつか脇役《わきやく》として出演したあと、二年足らずで退社した。その後渡欧して、本文中にあるごとくリスクに満ちたカメラテストを受けた。ここで英語力がものをいった。六三年に『北京の五十五日』、六五年に『ロード・ジム』に出演した。大スターたちとの共演であったが、残念ながら映画史に残るような作品とはならなかった。その意味で、出演が決定していたアンドレ・マルロー原作、デビッド・リーン監督『人間の条件』の企画流産が惜しまれる。『ヨーロッパ退屈日記』はこの国際俳優時代に書かれた。

伊丹十三は一九四六年、京都一中に入学、のちに三中に移った。京都三中は新学制の山城高校だが移行措置下で、その併設中学の生徒となった。長年病臥《びょうが》していた伊丹万作は四六年に亡くなっている。

五〇年、父の故郷であった松山へ行き、松山東高校に入学した。妹はすでに四五年に松山の伯父の養女となっている。戦後の池内一家の苦労がしのばれる。新制山城高校一年生のときに一年休学しているから、松山東高での二度目の一年生のときには同級生より年長だった。松山東高では文芸部で活動、大江健三郎と親しく交わった。二年生になると欠席日数が増し、その年、五一年秋頃から休学扱いになった。翌年松山南高に転校、五四年春に卒業したときは満二十歳だった。その後は俳優に転ずるまで、商業デザイナー兼グラフィック・デザイナーとして暮らしを立てた。

本人は「島流し」というが、この松山時代が伊丹十三を伊丹十三たらしめたと私は考えている。

ゲイリー・クーパー、ジェームズ・スチュワート、ハンフリー・ボガート、スペンサー・トレーシー、マーロン・ブランド（以下さらに七人の高名な役者の名がつづく）、と並べたあと伊丹十三は、リストの最後には自分の名前がくるのだ、と書いたことがある。

「一体これは何のリストか？　眉《まゆ》と眉の間に縦皺《たてじわ》を寄せている俳優のリストなのである」

「なにも寄せようと思って寄せているわけではない。私が人と成って、ふと気付いた時には、私の顔は、すでに眉根にくっきりと二本の皺を刻んでいたのである」（『再び女たちよ！』）

ポケット文春版『ヨーロッパ退屈日記』のカバー裏にあるくわえタバコの顔写真でも、彼はたしかに二本の縦皺を寄せている。

「病的である、ということが、芸術家の重要な資質である」と伊丹十三少年は当時信じていた。しかし本人は残念ながら健康であった。「格別の悩みもない」ということの埋め合わせ行為として眉間《みけん》に皺を寄せるべく無意識のうちにつとめたのだろう。それは他の多くの病的ではない少年、しかるにそのことによって逆に不安に陥るタイプの少年には共有されがちの感情かと思う。

松山時代、彼は多くの友を得た。音楽の魅力を知った。のちにバイオリンやギターを弾けるようになったのは、この時期の賜物である。

しかし松山での最大の収穫は「退屈」だろう。「退屈さ」をひりひりと味わいつくしたことだろう。

「夏の盛りには、時間はほとんど停止してしまう。たぶん一年の真中まで漕《こ》ぎ出してしまって、もう行くことも帰ることもできないのだろう、とわたくしは思っていた。あとで発見したのであるが、人生にも夏のような時期はあるものです」

伊丹十三はその著書のなかで、しきりに自分は無内容である、中身のない器にすぎないと強調している。たんなる自虐《じぎゃく》のポーズとはうけとれない真剣なふしがある。

「(わたくしは)どちらかといえば無内容な人間である。そうして明らかに視覚型の人間である」(『ヨーロッパ退屈日記』)

「私自身は——ほとんどまったく無内容な、空っぽの容《い》れ物にすぎない」(『女たちよ！』)

「私はクワセモノではないだろうか。若い時から心の中に立ち籠《こ》めていた、このもやもやとした疑惑が、今や凝ってひとつの固い黒光りのする確信となって私の心の中に残ったね」(『再び女たちよ！』)

ときどき伊丹十三は苦く自己省察する。そしてそのたびに眉間の皺は深くなり、同時に、その文章表現における倦怠感《けんたいかん》の味わいは増し、身にまとった無常感はより澄《ちょう》明《めい》となる。

むしろこういおう。伊丹十三は「偉大な器」であった。彼はその生涯をつうじて、デザイナーであり、俳優であり、作家であり、CFタレントであり、テレビ番組制作者であり、雑誌編集者であり、映画監督であった。そして、そのどのジャンルにおいても一流であった。同時に、どのジャンルにおいてもやがて「退屈」せずにはすまされぬ、やや不幸な天才であった。

『ヨーロッパ退屈日記』は、その「退屈」に至る道程を、退屈ならざる巧みさで表現した傑作であった。才能が必然たらしめた退屈原点は、この本にみごとに映し出されているように、松山における十七歳の一年間であった。輝ける退屈の一九五一年であったが、彼は生涯を十七歳のまま生きたのだともいえる。

この本は、一個の「文芸的ナイーヴティ」が、自慢話と雑知識にまぶして行なった自己表白である。戦後青年を挑発しつつ勇気づけた、すぐれた青春文学である。『ヨーロッパ退屈日記』こそ伊丹十三の代表作だといったなら、彼はまた眉間をことさらに迫らせるのであろうか。

(平成十七年一月、作家)

この作品は昭和四十年三月文藝春秋新社より刊行され
昭和五十一年七月文春文庫に収録された。

大江健三郎著

死者の奢り・飼育

芥川賞受賞

黒人兵と寒村の子供たちとの惨劇を描く「飼育」等6編。豊饒なイメージを駆使して、閉ざされた状況下の生を追究した初期作品集。

大江健三郎著

われらの時代

遍在する自殺の機会に見張られながら生きてゆかざるをえない〝われらの時代〟。若者の性を通して閉塞状況の打破を模索した野心作。

大江健三郎著

芽むしり 仔撃ち

疫病の流行する山村に閉じこめられた非行少年たちの愛と友情にみちた共生感とその挫折。綿密な設定と新鮮なイメージで描かれた傑作。

大江健三郎著

性的人間

青年の性の渇望と行動を大胆に描いて波紋を投じた「性的人間」、政治少年の行動と心理を描いた「セヴンティーン」など問題作3編。

大江健三郎著

同時代ゲーム

四国の山奥に創建された《村＝国家＝小宇宙》が、大日本帝国と全面戦争に突入した!? 特異な構想力が産んだ現代文学の収穫。

大江健三郎著

個人的な体験

新潮社文学賞受賞

奇形に生れたわが子の死を願う青年の魂の遍歴と、絶望と背徳の日々。狂気の淵に瀕した現代人に再生の希望はあるのか？ 力作長編。

遠藤周作著　王妃 マリー・アントワネット（上・下）

苛酷な運命の中で、愛と優雅さを失うまいとする悲劇の王妃。激動のフランス革命を背景に、多彩な人物が織りなす華麗な歴史ロマン。

遠藤周作著　夫婦の一日

たびかさなる不幸で不安に陥った妻の心を癒すために、夫はどう行動したか。生身の人間だけが持ちうる愛の感情をあざやかに描く。

遠藤周作著　白い人・黄色い人　芥川賞受賞

ナチ拷問に焦点をあて、存在の根源に神を求める意志の必然性を探る「白い人」、神をもたない日本人の精神的悲惨を追う「黄色い人」。

遠藤周作著　海と毒薬　毎日出版文化賞・新潮社文学賞受賞

何が彼らをこのような残虐行為に駆りたてたのか？　終戦時の大学病院の生体解剖事件を小説化し、日本人の罪悪感を追求した問題作。

遠藤周作著　留学

時代を異にして留学した三人の学生が、ヨーロッパ文明の壁に挑みながらも精神的風土の絶対的相違によって挫折してゆく姿を描く。

遠藤周作著　沈黙　谷崎潤一郎賞受賞

殉教を遂げるキリシタン信徒と棄教を迫られるポルトガル司祭。神の存在、背教の心理、東洋と西洋の思想的断絶等を追求した問題作。

小澤征爾著

ボクの音楽武者修行

〝世界のオザワ〟の音楽的出発はスクーターでのヨーロッパ一人旅だった。国際コンクール入賞から名指揮者となるまでの青春の自伝。

小澤征爾
武満徹著

音楽

音楽との出会い、恩師カラヤンやストラヴィンスキーのこと、現代音楽の可能性——日本を代表する音楽家二人の鋭い提言。写真多数。

小澤征爾
村上春樹著

小澤征爾さんと、音楽について話をする

小林秀雄賞受賞

音楽を聴くって、なんて素晴らしいんだろう……世界で活躍する指揮者と小説家が、「良き音楽」をめぐって、すべてを語り尽くす！

坂本龍一著

音楽は自由にする

世界的音楽家は静かに語り始めた……。華やかさと裏腹の激動の半生、そして音楽への想いを自らの言葉で克明に語った初の自伝。

藤原正彦著

若き数学者のアメリカ

一九七二年の夏、ミシガン大学に研究員として招かれた青年数学者が、自分のすべてをアメリカにぶつけた、躍動感あふれる体験記。

藤原正彦著

祖国とは国語

国家の根幹は、国語教育にかかっている。国語は、論理を育み、情緒を培い、教養の基礎たる読書力を支える。血涙の国家論的教育論。

堀江敏幸著
雪沼とその周辺
川端康成文学賞・谷崎潤一郎賞受賞

小さなレコード店や製函工場で、旧式の道具と血を通わせながら生きる雪沼の人々。静かな筆致で人生の甘苦を照らす傑作短編集。

堀江敏幸著
河岸忘日抄
読売文学賞受賞

ためらいつづけることの、何という贅沢！　異国の繋留船を仮寓として、本を読み、古いレコードに耳を澄ます日々の豊かさを描く。

堀江敏幸著
いつか王子駅で

古書、童話、名馬たちの記憶……路面電車が走る町の日常のなかで、静かに息づく愛すべき心象を芥川・川端賞作家が描く傑作長篇。

堀江敏幸著
おぱらばん
三島由紀夫賞受賞

マイノリティが暮らす郊外での日々と、忘れられた小説への愛惜をゆるやかにむすぶ、新しいエッセイ／純文学のかたち。

太田和彦著
居酒屋百名山

北海道から沖縄まで、日本全国の居酒屋を訪ねて選りすぐったベスト１００。居酒屋探求20余年の集大成となる百名店の百物語。

国木田独歩著
牛肉と馬鈴薯・酒中日記

理想と現実との相剋を越えようとした独歩が人生観を披瀝する「牛肉と馬鈴薯」、人間の孤独を究明した「酒中日記」など16短編を収録。

開高健著
パニック・裸の王様
芥川賞受賞
大発生したネズミの大群に翻弄される人間社会の恐慌「パニック」、現代社会で圧殺されかかっている生命の救出を描く「裸の王様」等。

開高健著
フィッシュ・オン
アラスカでのキング・サーモンとの壮烈な闘いをふりだしに、世界各地の海と川と湖に糸を垂れる世界釣り歩き。カラー写真多数収録。

開高健著
開口閉口
食物、政治、文学、釣り、酒、人生、読書……豊かな想像力を駆使し、時には辛辣な諷刺をまじえ、名文で読者を魅了する64のエッセー。

開高健著
地球はグラスのふちを回る
酒・食・釣・旅。――無類に豊饒で、限りなく奥深い〈快楽〉の世界。長年にわたる飽くなき探求から生まれた極上のエッセイ29編。

開高健著
輝ける闇
毎日出版文化賞受賞
ヴェトナムの戦いを肌で感じた著者が、戦争の絶望と醜さ、孤独・不安・焦燥・徒労・死といった生の異相を果敢に凝視した問題作。

開高健
吉行淳之介著
対談 美酒について
―人はなぜ酒を語るか―
酒を論ずればバッカスも顔色なしという二人が酒の入り口から出口までを縦横に語りつくした長編対談。芳醇な香り溢れる極上の一巻。

北杜夫著

夜と霧の隅で

芥川賞受賞

ナチスの指令に抵抗して、患者を救うために苦悩する精神科医たちを描き、極限状況下の人間の不安を捉えた表題作など初期作品5編。

北杜夫著

どくとるマンボウ航海記

のどかな笑いをふりまきながら、青い空の下を小さな船に乗って海外旅行に出かけたどくとるマンボウ。独自の観察眼でつづる旅行記。

北杜夫著

どくとるマンボウ昆虫記

虫に関する思い出や伝説や空想を自然の観察を織りまぜて語り、美醜さまざまの虫と人間が同居する地球の豊かさを味わえるエッセイ。

北杜夫著

どくとるマンボウ青春記

爆笑を呼ぶユーモア、心にしみる抒情。マンボウ氏のバンカラとカンゲキの旧制高校生活が甦る、永遠の輝きを放つ若き日の記録。

北杜夫著

楡家の人びと

（第一部〜第三部）

毎日出版文化賞受賞

楡脳病院の七つの塔の下に群がる三代の大家族と、彼らを取り巻く近代日本五十年の歴史の流れ……日本人の夢と郷愁を刻んだ大作。

坂口恭平著

躁鬱大学

—気分の波で悩んでいるのは、あなただけではありません—

そうか、躁鬱病は病気じゃなくて、体質だったんだ——。気分の浮き沈みに悩んだ著者が発見した、愉快にラクに生きる技術を徹底講義。

黒柳徹子著
トットの欠落帖
自分だけの才能を見つけようとあらゆる事に努力挑戦したトットのレッテル「欠落人間」。いま噂の魅惑の欠落ぶりを自ら正しく伝える。

黒柳徹子著
小さいときから考えてきたこと
小さいときからまっすぐで、いまも女優、ユニセフ親善大使として大勢の「かけがえのない人々」と出会うトットの私的愛情エッセイ。

黒柳徹子著
小さいころに置いてきたもの
好奇心溢れる著者の面白エピソードの数々。そして、『窓ぎわのトットちゃん』に書けなかった「秘密」と思い出を綴ったエッセイ。

沢木耕太郎著
深夜特急（1〜6）
地球の大きさを体感したい——。26歳の〈私〉のユーラシア放浪の旅がいま始まる！「永遠の旅のバイブル」待望の増補新版。

沢木耕太郎著
チェーン・スモーキング
古書店で、公衆電話で、深夜のタクシーで——同時代人の息遣いを伝えるエピソードの連鎖が、極上の短篇小説を思わせるエッセイ15篇。

沢木耕太郎著
彼らの流儀
男が砂漠に見たものは。大晦日の夜、女が迷ったのは……。彼と彼女たちの「生」全体を映し出す、一瞬の輝きを感知した33の物語。

新潮文庫最新刊

ヨーロッパ退屈日記《たいくつにっき》

新潮文庫　い－80－1

平成十七年三月一日発行
令和六年五月二十五日二十三刷

著者　伊《い》丹《たみ》十《じゅう》三《ぞう》

発行者　佐藤隆信

発行所　株式会社新潮社

郵便番号　一六二－八七一一
東京都新宿区矢来町七一
電話　編集部（〇三）三二六六－五四四〇
　　　読者係（〇三）三二六六－五一一一
https://www.shinchosha.co.jp

価格はカバーに表示してあります。

乱丁・落丁本は、ご面倒ですが小社読者係宛ご送付ください。送料小社負担にてお取替えいたします。

印刷・株式会社三秀舎　製本・株式会社植木製本所

ISBN978-4-10-116731-2 C0195